LA POTE GÊNANTE

L'HOROSCOPE GÊNANT

Michel LAFON

Chers lecteurs,

J'espère déjà que vous n'avez aucun souci avec votre signe astrologique, qu'il ne vous complexe pas, qu'il n'a jamais conduit à la réalisation d'une fausse carte d'identité ou quoi que ce soit d'autre... Parce que personne n'a été épargné dans ce livre et je ne sécherais même pas les larmes des Cancer en cas de crise. Cette œuvre a été écrite par une personne de type Lion qui vous a observés pendant fort longtemps sur les réseaux sociaux et dans la vraie vie dans vos pires moments (les meilleurs sont moins drôles et moins pertinents). J'en ai tiré les conclusions suivantes : l'astrologie existe et elle nous rappelle chaque jour que nos pets au casque sont le résultat scientifique d'un syndrome zodiacal. Oui, votre manière de vous coiffer, de vous exprimer, d'écrire ou de claquer des portes dépend de votre signe astrologique, sinon de quoi ? Voici donc que je vous partage enfin mes meilleurs conseils et quelques prédictions pour l'année à venir (les mouvements des planètes n'ont malheureusement pas pu être étudiés à cause d'une sombre histoire de perruque disparue dans ma salle de voyance). Ceci étant annoncé, je vous souhaite une excellente lecture. Je précise que j'ai exceptionnellement évité de mettre des photos de moi partout ; mon ascendant ayant pris le dessus récemment, j'aspire à devenir plus discrète pour les quatre jours à venir.

118, avenue Achille-Peretti – CS 70024
92521 Neuilly-sur-Seine Cedex
www.michel-lafon.com

Les tatouages à ne pas faire

Scorpion

Vous avez des émotions fortes et violentes, alors quoi de mieux pour représenter votre côté piquant que de vous faire tatouer l'animal symbolisant votre signe ? Eh bien, la plupart des autres idées sont meilleures, surtout si, pour vous la jouer badass, vous vous le faites dans le cou, voire – pire – sur le visage. C'est d'autant plus mal vu que vous bossez en crèche et avez désormais l'air d'un repris de justice.

Sagittaire

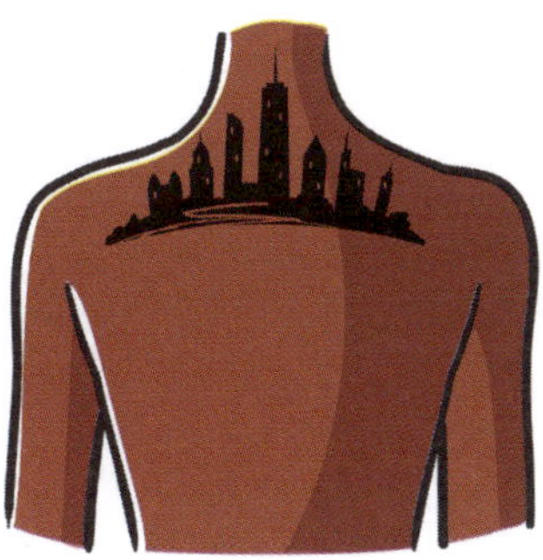

Vous adorez voyager plus que tout, et avez décidé d'immortaliser votre dernière destination avec un tatouage panoramique prenant les trois quarts de votre dos, car c'est votre endroit préféré au monde. Le but inavoué de la manœuvre est qu'on vous demande pourquoi New York est une ville si importante pour vous, afin que vous puissiez négligemment glisser que vous y avez vécu en 2012. Bon, c'était un séjour de quatre jours, mais vous aviez vraiment bien senti la ville. N'hésitez pas à opter plutôt pour la photographie argentique, c'est tout aussi stylé, et ça fait également un souvenir à partager.

Capricorne

Ce n'est pas en vous faisant tatouer des équations mathématiques que vous allez passer pour quelqu'un de brillamment intelligent. Surtout s'il y a une erreur dedans. C'est un coup à finir par le recouvrir avec une tête de loup tribal qui de toute manière ne vous ira pas du tout non plus et que vous essaierez encore de masquer par un autre tatouage qui lui non plus ne sera pas très flatteur… Jusqu'à vous faire blaklister par votre tatoueuse.

Verseau

Les dauphins qui s'embrassent ne vous aideront pas à retrouver le calme et la sérénité dont vous rêvez. Si en plus les couleurs sont vives avec des effets pastel bleu/rose, c'est pire. Vous avez de toute façon eu cette idée saugrenue sur un coup de tête pour vous convaincre que la vie n'est qu'amour. Mais vraiment, quand ça ne va pas, n'hésitez pas à en parler : se faire tatouer ne remplace pas une psychothérapie.

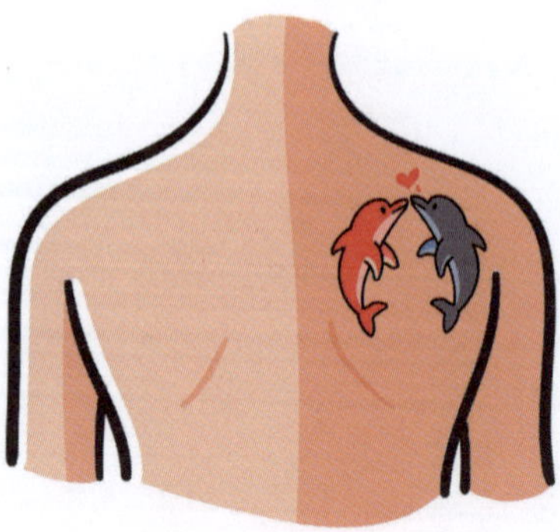

Poissons

Aimer Mario Bros., c'est bien, vous faire tatouer l'intégralité des personnages sur l'avant-bras alors que vous ne connaissez pas la moitié de leurs noms, c'est se laisser un peu emporter, non ? C'est mignon... jusqu'au moment où vous ajoutez un tatouage full dorsal d'une Nintendo 64 hyperréaliste. Collectionnez plutôt les figurines, c'est tout aussi mignon, et ça n'implique aucune aiguille !

Bélier

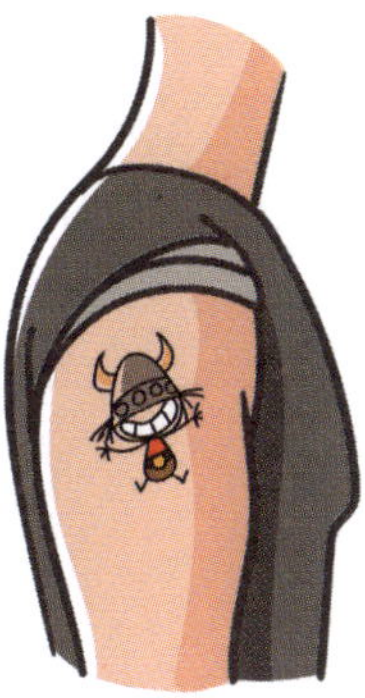

Pour vous, un tatouage, c'est intime et hautement personnel. C'est d'ailleurs pour ça que vous avez décidé de le dessiner vous-même. Le seul hic, c'est que vous n'êtes pas doué en dessin et que le résultat est, avouons-le, franchement hideux. C'est d'ailleurs pour ça qu'on vous demande si le Viking sur votre avant-bras est un bovin atteint de la vache folle. Le pire, c'est que même vous, vous l'avez rapidement compris. Ça va encore vous coûter une fortune en laser, ça (car c'est pas votre première fois, malheureusement).

Taureau

Votre envie de tatouage est à la hauteur de votre absence d'idée de motif. D'ailleurs pour sauter le pas, vous avez décidé d'entrer dans un salon au hasard et de laisser carte blanche à ce tatoueur que vous ne connaissez ni d'Ève ni d'Adam. Il en a profité pour s'exprimer au travers d'une œuvre abstraite aux lignes vives et affirmées que vos amis proches ont affectueusement baptisée « chiures de pigeon sur avant-bras ». Un conseil : regardez quand même les notes du salon et les avis des clients avant d'y aller.

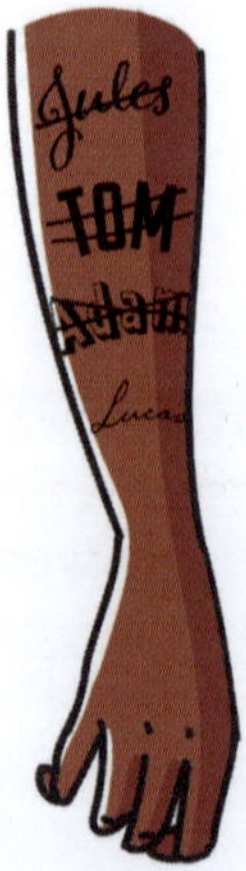

Gémeaux

L'idée, c'est de vous faire tatouer la chose que vous aimez le plus au monde. L'ennui, c'est que la chose en question varie toutes les deux semaines. C'est d'ailleurs pour cette raison que vous avez quatorze prénoms d'ex rayés sur l'avant-bras et une baguette de pain barrée depuis que vous êtes devenu gluten free. Pourquoi ne pas plutôt opter pour des pin's ou des aimants sur votre frigo ? Ce sera plus facile à remplacer pour quelqu'un qui, comme vous, change très souvent d'avis.

Cancer

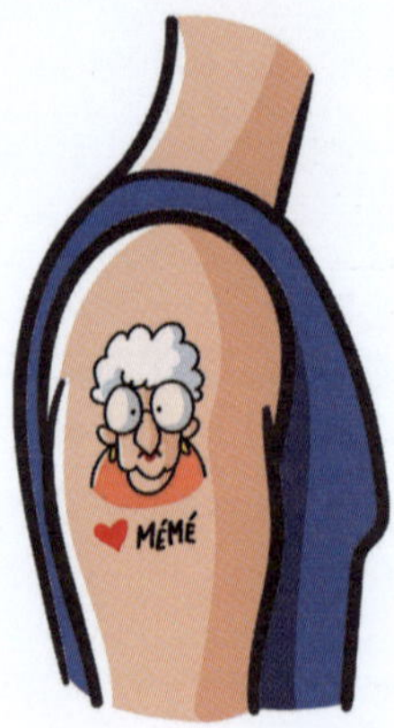

Vous vous êtes fait tatouer le portrait d'un de vos proches pour lui prouver votre amour. Pas la peine d'aller jusque-là : vous êtes déjà tellement aimant et démonstratif qu'il ne peut pas l'ignorer. Ce qu'il ne pourra pas ignorer non plus, c'est que ce tatouage censé lui rendre hommage tient plus de Shrek que de Mona Lisa. Et si vous ajoutez sa date de naissance en chiffres romains, on ne peut plus rien pour vous.

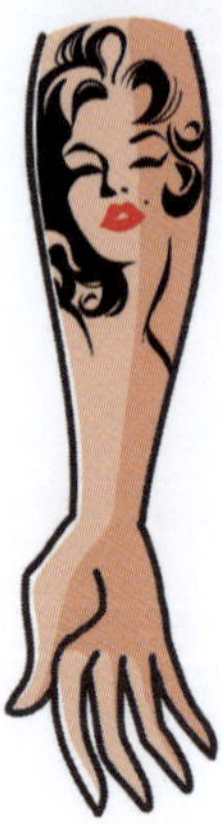

Lion

Très mauvaise idée de croire qu'en se tatouant une star on en devient une. Vous avez grandi avec Beyoncé, J.Lo et Britney, et en réécoutant leurs best of, il vous est venu l'idée de vous faire tatouer l'une d'entre elles. Beaucoup de Lion en ont fait les frais et, pour le coup, on peut vous l'affirmer : non, ça ne boostera pas votre projet de carrière programmé depuis vos trois ans. Trouvez votre propre talent, vous rayonnez déjà par vous-même.

Vierge

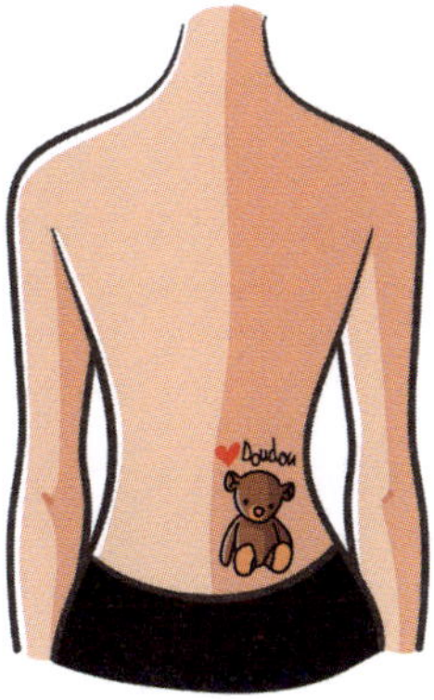

La madeleine de Proust peut se manger, vous n'êtes pas obligé de vous faire tatouer le nounours rose de votre enfance dans le bas du dos. Vous le trouvez mignon et l'aimez plus que tout, mais en réalité ça reste un bout de peluche élimé avec un œil qui pend au bout d'un fil. En somme, ça fait flipper. Nous vous conseillons plutôt de miser sur un bon repas de famille avec séance de visionnage de diapositives de votre jeunesse pour ce petit bain de nostalgie qui vous fait tant de bien.

Balance

Vous avez réussi à faire passer une nouvelle réglementation sur le second service à la cantine de votre entreprise. C'est une révolution et, pour marquer le coup, vous avez décidé de vous faire tatouer le portrait de Che Guevara sur l'épaule. Êtes-vous vraiment sûr de la pertinence de la comparaison ? On sait que vous êtes plein de bonnes intentions, mais ne confondez pas tout. Les tatouages politiques sont clivants, en tant que Balance, êtes-vous vraiment sûr de vouloir aller au conflit ?

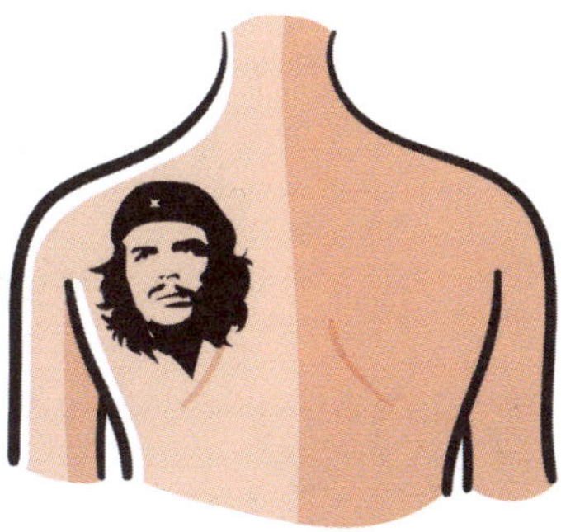

Taper dans les murs est un moyen (pas comme un autre) de se défouler, mais le running, c'est bien aussi en fait.

Loyal
Déterminé
Courageux

Impulsif
Colérique
Cachottier

Bélier

Amour / Sexo

L'amour, c'est bien, mais c'est pas indispensable pour vous. C'est un peu ainsi qu'on peut résumer la pensée du Bélier. On vous a même déjà vu plus enthousiaste pour jouer à Fifa, c'est dire. Résultat, trouver l'amour n'est vraiment pas évident pour vous. C'est surtout faute d'intérêt, parce que quand vous vous y mettez, ça y va ! On est un signe de feu ou on n'est pas un signe de feu ! Quand il s'agit de foncer et de prendre les devants, y a pas de problème, vous avez juste un peu de mal à trouver quelqu'un qui éveille votre intérêt. Par contre, une fois que c'est fait, vous n'y allez pas progressivement. Vous l'inondez de cadeaux, de mots d'amour, et vous n'avez aucun souci à vous engager entièrement dans cette relation. En parallèle, vous délaissez Netflix pour consacrer vos soirées à regarder des photos de l'être aimé, vous n'hésitez pas à vous introduire chez lui par effraction pour « une surprise romantique » et organisez une rencontre « fortuite » avec sa mère qu'il met un peu trop de temps à vous présenter. En somme, vous êtes loyal, affectueux, mais un poil too much. Pensez à ménager un tout petit peu d'oxygène pour votre partenaire, on sait jamais.

VOS POINTS FORTS : Vous, avec votre air de pas y toucher, on vous voit venir. Si vous avez une qualité indéniable (et qui rend les gens autour complètement fous), c'est d'être totalement imperméable aux tentatives de séduction. On dit pas que vous êtes stupide, loin de nous cette idée, simplement que quand vous recevez un bouquet le jour de la Saint-Valentin, suivi d'un poème qui compare vos yeux à un océan dans lequel on se noie, ce n'est pas juste une déclaration d'amitié. Coup de bol pour vous, ça donne encore plus envie aux autres de se dépasser pour vous plaire. L'avantage, c'est qu'une fois en couple (et c'était pas facile), vous êtes également imperméable aux avances de ceux qui voudraient s'immiscer entre vous et votre moitié. (On conseille aux Taureau de prendre des notes.) Loyal et sincère, le Bélier est un partenaire solide avec lequel on peut construire une vraie relation à deux. Un avertissement, toutefois, cet automne ce côté fonceur en amour pourrait vous voir foncer dans un mur et ne pas hésiter à recommencer.

VOS POINTS FAIBLES : Si on fait la comparaison avec le fait de foncer tête baissée dans le mur, c'est parce que vous êtes FIER et TÊTU. Oui, on le met en capitales, c'est pour une bonne raison. Parce que si le Bélier est fidèle et investi, il attend en retour une dévotion totale. Et attention aux termes du contrat que vous passez sans le savoir avec le Bélier, il inclut, pêle-mêle : « fidélité au Bélier et à sa mère, arrivée à la maison tous les soirs à l'heure (tolérance de quinze minutes), soutien sans faille, travail de la perception des nuances de couleur afin de remarquer qu'on a fait un balayage ». Selon les Bélier, cette liste non exhaustive peut également comporter l'apprentissage par cœur de tous les noms des joueurs de l'OM. Toute infraction au contrat non verbal passé (dont les termes ne sont connus que du Bélier) se verra sanctionnée par une gueulante puissance 1 000. Car le Bélier gueule, on précise bien, il ne crie pas, il gueule. Les voisins ne sont pas ravis, mais si vous explosez sans prévenir, vous vous calmez tout aussi vite et avez une grande capacité à ne pas vous montrer rancunier. Vous aurez juste tendance à mettre des vents à tous les hommes qui portent des gourmettes car votre ex à gourmette vous l'a « vraiment, vraiment faite à l'envers, je peux plus faire confiance à un homme comme ça ». Bon, pas rancunier, ça se discute, mais on n'a pas envie de se faire engueuler...

Mon conseil, c'est d'y aller mollo. Parce que autant vous êtes un peu dur à séduire, autant c'est la volte-face dès qu'on y parvient. Si on devait décrire le Bélier en deux mots, ce serait « sans transition ». Essayez d'ajouter des petites transitions histoire de ne pas perdre totalement votre partenaire dans la tempête enflammée de vos émotions. Voici un guide qui devrait vous aider.

NE DITES PAS	DITES
« Je t'aime » le premier soir	« Quel kiff de passer la soirée avec toi ! »
« Oh, ça va, je t'ai hurlé dessus mais c'est fini ! »	« Non, je fais pas la gueule. » (Oui, les transitions, ça marche aussi dans ce sens-là, parce que embrayer un « Mange tes morts ! » avec « Au fait on mange quoi ce soir ? » ça envoie un message confus.)
« Les femmes m'ont trop blessé »	« Je vais consulter un psychologue qui me permettra de me détacher enfin de ma môman. »

Foncer, c'est le propre du Bélier. Bon, on vous le cache pas, il y a des situations où il faut un tout petit peu plus de délicatesse. Ça va vous tuer quand même. Un exemple : on évite les sextos au déjeuner de famille le dimanche, ça fait vraiment mauvais genre. Célibataire, on évite d'enchaîner un « Salut, ça va ? » avec une photo coquine non demandée. Fonceur, certes, mais pas forceur, le Bélier a un peu de mal à trouver le bon timing, mais son énergie sexuelle brute, presque animale, en fait un partenaire sexuel de premier choix. Combien de fois avons-nous entendu votre voisine dire : « Oh, lui, c'est vraiment une belle viande ! » à votre sujet ?

VOS POINTS FORTS : N'y allons pas par quatre chemins, avec vous, c'est bestial, on grimpe aux rideaux et on voit les étoiles. Bref, c'est le feu. Tiens, comme votre signe, quelle coïncidence ! Dans la phase de séduction, vous avez une capacité incroyable à vous montrer d'une froideur terrible. Certes, c'est parce que vous ne comprenez pas que vous êtes en train de vous faire draguer, mais ça marche quand même. Une fois conquis, l'homme et la femme Bélier sont des amants enflammés, qui ne prêtent aucune attention aux petits défauts physiques ni à quoi que ce soit de « glamour ». C'est certes brut, mais c'est également extrêmement décomplexé. Au printemps, à la saison des amours, nous vous conseillons de vous rapprocher d'un natif des Poissons : votre instinct naturel pour le sexe et leur surintellectualisation de tout devraient s'équilibrer. Vous avez besoin de calmer un petit peu vos ardeurs ; réfléchir avant d'agir, ça a parfois du bon !

VOS POINTS FAIBLES : Surprendre, c'est bien, prévenir, c'est pas forcément inutile. Loin de nous l'idée de vous demander de planifier toutes vos envies à l'avance, mais ne confondez tout de même pas spontanéité et mauvais goût. Alors on sait que vous êtes du genre à adorer quand rien ne se passe comme prévu, mais si vous promettez une soirée pétales de rose et champagne à votre moitié, il ou elle risque d'être légèrement surprise en arrivant dans un donjon sordide où vous avez également invité les voisins pour un apéro coquin. Mettez-vous cinq minutes à sa place. Vous avez établi un contrat oral (fleurs et bulles) qui n'est absolument pas rempli. Imaginez son désarroi en découvrant votre voisin de soixante-cinq ans qui en profite pour tenter de vous faire entrer au conseil syndical entre deux verres de pastis. Vous vous rendez compte de l'erreur de casting ? Vous avez l'instinct, vous avez les moyens, ne vous manque plus que le juste équilibre entre tout ça. En amour comme au travail, point trop n'en faut.

Usain Bolt qui tape un 100 mètres en 9 s 58, c'est un record du monde ; vous qui exposez toutes vos envies et tous les trucs que vous voulez tester au lit en 9 s 58, c'est juste chelou. Votre côté hyper fougueux plaît évidemment au plus grand nombre, mais il vous faut encore trouver l'équilibre entre enthousiasme et bizarrerie. Les astres sont formels, cette fois encore vous allez pécho, mais gare à la saison du Taureau, qui vous rappellera assez violemment à l'ordre. On pourrait se la jouer mystérieux, mais on va pas vous faire cet affront : vous allez vous prendre un râteau de compétition, le Usain Bolt des râteaux. Ne désespérez pas, l'amour vous attend sur la ligne d'arrivée, et il pourrait bien vous permettre de trouver l'accommodement parfait entre surprise et confort. En couple, Mars qui entre en maison 12 vous propulsera dans la stratosphère des engueulades. Utilisez à bon escient cette énergie pour de mémorables retrouvailles sur l'oreiller.

Travail

Sérieux et endurant, le Bélier est une bête de travail. Vous avancez vite, vous avancez bien, vous foncez, même ! C'est aussi comme ça que vous vous prenez le plafond de verre en pleine face sans réfléchir. Car si vous brillez dans vos tâches habituelles, vous avez du mal à innover, et on ne parle même pas d'élaborer un plan de carrière ou une quelconque stratégie d'entreprise. Pragmatique et juste, vous attendez une rétribution proportionnelle à votre travail. Vous n'avez d'ailleurs jamais compris pourquoi on vous demande de vous investir à 200 % pour une augmentation de 0,5 %. Les pourcentages, c'était peut-être pas votre fort à l'école, mais vous comprenez que là, y a arnaque. Après tout, c'est grâce à votre ténacité à toute épreuve que vous faites avancer toute l'entreprise. En somme, vous êtes un coriace et vous avez mine de rien pas mal de talent.

DO'S : Contrairement au Cancer, petit crabe qui cuit lentement à la cocotte, vous êtes totalement imperméable à la pression. D'ailleurs le Bélier rend souvent ses collègues complètement chèvres lors des périodes de rush qui le voient afficher un flegme tout ce qu'il y a de plus britannique face à l'adversité. D'autant plus que vous savez très bien ce que vous faites, et que vous le faites avec une facilité et une efficacité déconcertantes. C'est vous qu'on envoie au front face au client hystérique qui, au choix, hurle, crache ou pleure, voire les trois à la fois. Imperturbable face à cette adversité, vous faites preuve d'une incapacité à vous connecter émotionnellement au travail qui vous permet de traiter ce dossier comme n'importe quel autre, et le client repart en chantant vos louanges (là où votre collègue Véronique est actuellement en PLS sous son bureau). Continuez sur cette voie, vous avez une grande force d'esprit et une vraie capacité à séduire votre auditoire dans n'importe quelle circonstance. Au sortir de l'hiver, portez toutefois une attention toute particulière à votre alimentation. Nous vous recommandons des aliments riches en acides gras, comme les noix, qui vous permettront de mieux faire travailler vos méninges !

DON'T'S : Le Bélier n'est pas bête, mais le Bélier est têtu. Ça vaut en amour comme au travail. Depuis que Jean-Ludovic vous a fait une réflexion sur la couleur de votre chemisier, vous lui avez déclaré la guerre. Vous avez bloqué sa promotion et êtes en train d'œuvrer dans l'ombre pour qu'il ait la première diminution de salaire de l'histoire de l'entreprise. C'est d'ailleurs lui qui va désormais chercher les cafés des stagiaires. Cette force de réflexion que vous utilisez dans le feu de votre colère, essayez de la faire ressortir à votre avantage de temps en temps. Claquer des portes car vous n'êtes pas augmenté malgré votre surperformance, c'est exprimer une colère juste, toutefois les gonds ne survivront pas très longtemps à cette situation. Il est temps de devenir stratège pour vous-même et d'apprendre à communiquer clairement : faire son travail, c'est une bonne chose, mais il ne faut pas oublier de signaler à vos supérieurs toutes les tâches accomplies. Après tout, contrairement à la légende, on donne rarement aux gens qui ne demandent rien. En parlant de demander, on va revenir sur votre côté têtu : quand vous ne savez pas, posez la question. Ça ne sert à rien de faire semblant de gérer si c'est pour que ça vous explose plus tard à la figure.

Cette année, cher fonceur, il va vous falloir beaucoup plus de fermeté mais beaucoup moins d'agressivité. Prenez le temps de réfléchir aux conséquences de vos paroles et de vos actes. En septembre, un beau projet va s'ouvrir à vous : si vous apprenez à demander de l'aide quand vous en avez besoin, il pourrait bien être votre plus belle réussite (que Vénus soit avec vous pour calmer vos nerfs et vous aider à mieux communiquer, car niveau charme, vous n'avez heureusement pas besoin d'aide). Un dernier conseil : le travail, c'est pas les vacances, mais essayez quand même de ne pas tout prendre au sérieux tout le temps. La saison du Lion pourrait vous voir nouer de belles amitiés au bureau si vous y mettez un peu du vôtre.

Santé

ALIMENTATION : 8/10 – TRÈS BIEN

Votre alimentation est exemplaire, et tous les signes du zodiaque devraient s'en inspirer. Précurseur, vous parliez d'ailleurs du véganisme avant tous ces pseudo-mannequins qui ont percé grâce à TikTok. Ce qu'on admire d'ailleurs, c'est votre capacité quasi mystique à pressentir les grandes tendances nutritionnelles des années à l'avance. Vous étiez dans les premiers à manger du quinoa, et cela fait déjà dix ans que vous faites pousser votre propre chou kale. Vous avez quasiment inventé les smoothies, et ce que tout le monde appelle aujourd'hui un Buddha bowl, vous l'appelez simplement lunch box. Bref, vous vous alimentez bien, mais ça vous rend un peu détestable. Vous mangez sain et léger, et n'avez aucun souci à diversifier votre alimentation et à tester de nouvelles choses, que vous aimez à faire expérimenter à votre famille et à vos amis. Petit bémol, vous avez la toute petite mini, minuscule manie de hurler des insanités à tous ceux qui auraient tendance à critiquer le moindre détail de votre plat. Ça vaut aussi pour ceux qui osent demander le sel. Du coup on ne mange pas mal chez vous, mais on n'ose pas trop revenir.

SPORT : 9/10 – TRÈS BIEN

Le sport, c'est plus que la santé, c'est aussi un atout charme, d'ailleurs c'est souvent dans un cadre sportif que vous vous sentez « on fleek », comme on dit – décidément, les jeunes... L'exercice physique est pour vous une nécessité, mais contrairement au Lion, qui a un objectif purement esthétique, le Bélier recherche avant tout la force. Cette force n'est pas aussi brute que celle des Taureau, par exemple ; on pourrait presque vous qualifier de doux athlète. Pour vous, il faut que ça progresse, mais vous faites bien attention aux temps de récupération et adaptez votre alimentation en fonction. Bref, toute la stratégie qui vous manque au travail, vous la mettez ici. Après tout, le sport est essentiel à votre équilibre, c'est ainsi que vous parvenez à évacuer votre trop-plein émotionnel. Vous savez d'ailleurs le transformer en une force peu commune. C'est pas tous les jours qu'on voit une petite nana de 1 m 60 soulever deux fois son poids au développé couché. Comme quoi, cette engueulade avec votre mère a vraiment porté ses fruits.

SUIVI MÉDICAL : 3/10 – MAUVAIS CAR TROP TÊTU

Les Bélier pensent qu'ils ont toujours raison, et on ne les voit jamais trop s'inquiéter pour leur état de santé. Encore l'année dernière, votre kinésithérapeute vous a forcé à prendre un arrêt de travail, que vous n'avez pas mis en application car vous deviez rendre quatre dossiers en urgence. Votre sens des priorités ne va pas aller en s'arrangeant, car on pressent de plus en plus de rébellion. Oui, le mot est fort, mais à vous écouter, vous partez en révolution contre la médecine traditionnelle, qui est selon vos termes « un business de pharmaciens illuminati francs-maçons scientologues ». Résultat, on craint vraiment pour vos articulations, et encore plus en fin d'année, et si elles tiennent jusque-là, c'est parce que vos nerfs n'auront pas encore lâché... On ne veut pas être là quand ça va péter (on reste dramatique pour vous faire très peur avant tout). Psst ! si ça peut vous pousser dans la bonne direction, n'hésitez pas à vous dire que pour continuer à performer à la salle, il faut quand même prendre un minimum soin de vous.

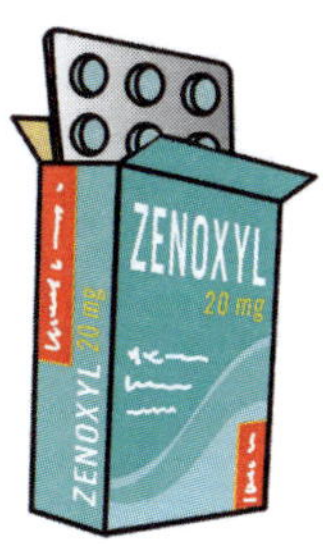

Amitié / Famille

TAUX DE SOCIABILITÉ : 40 %

L'impulsivité, c'est en amour. En amitié, vous êtes plutôt du genre « Ah, déso, ce soir je replay le match PSG-Lyon », ou encore à refuser une virée shopping parce que « l'argent, ça tombe pas du ciel, je suis pas Crésus ». Bref, vous avez un doctorat en faux plans pour rester sous la couette. Sérieux, parfois on se demande si vos amis se souviennent encore de vous. Heureusement que vous n'avez pas que des défauts, c'est simplement que vous vous économisez un petit peu, car vous ne savez pas faire les choses à moitié. Du coup, vous avez tendance à sortir pour prendre deux verres parce que « ce soir je me couche au plus tard à 22 h 30 » et à terminer complètement arraché à 9 heures du mat', en ayant à peine le temps de prendre une douche avant d'aller au travail (d'ailleurs, vous avez quand même l'air super fresh, c'est limite insultant). En somme, vous vous connaissez et vous savez quand vous ne pouvez pas vous faire confiance, c'est tout à votre honneur. En amitié, vous êtes fidèle et solaire, toujours là pour l'autre (sauf quand y a match). Par contre, ceux qui ont le privilège d'être vos amis ont d'abord été triés sur le volet et forment un cercle petit mais solidaire. C'est une bonne chose, mais ne vous fermez pas pour autant aux autres, et ne confondez pas sélectivité et manque de confiance. Trop de méfiance ne vous mènera nulle part. Quand vos amis se sont réunis chez votre mère pour votre anniversaire surprise, votre premier réflexe a été de vous dire que cette dernière avait été cambriolée et prise en otage. C'est dramatique, vous vous en rendez compte quand même ? Pour réussir 2022 encore mieux que 2021, nous vous suggérons de vous ouvrir un peu plus aux autres et de ne pas hésiter à suivre votre instinct au lieu de trop réfléchir.

TAUX D'INVESTISSEMENT FAMILIAL : 30 %

Le Bélier a tendance à se rêver mouton noir de la famille. On reste chez les ovins, mais c'est pas forcément génial. Non, vous n'avez pas fait spé maths comme votre mère le rêvait, mais ce n'est pas pour autant que vous l'avez déçue au point qu'elle en ait parlé à tous les gens qui vous entourent de près ou de loin. Essayez de vous sentir moins victime à ce niveau, ça sonne limite parano. Car si vous avez l'impression de décevoir sans cesse votre famille, en réalité il n'en est rien. Le souci, comme bien trop souvent, c'est la communication. Si votre mère est Scorpion, je vous dis même pas la galère, franchement, on vous comprend. Essayez d'exposer vos sentiments plus clairement, votre valeur est réelle et elle est reconnue. Après tout, il n'y a que les familles avec des Bélier qui n'ont : pas de pub dans la boîte aux lettres, pas de témoins de Jéhovah à la porte et zéro arnaque pour les grands-parents. Et ça, c'est parce que vous veillez au grain et que vous vous montrez tout particulièrement protecteur. Alors ne doutez pas de vous-même, on vous rassure, vous êtes apprécié. Cette prise de conscience arrivera dans le courant de la saison chaude, qui sera l'occasion parfaite pour vous de nouer des liens encore plus solides autour d'un bel apéro au soleil. Ne perdons tout de même pas le nord !

Taux de reproduction possible des Bélier

En fonction du signe de votre coparent, découvrez quel enfant vous élèverez ensemble.

50 % LION/CARACTÉRISTIQUES : Bébé colérique qui ne fait pas ses nuits, qui saura parler à deux mois en anglais et en hindi et qui apprendra le chant à six mois grâce à Disney Channel. Il jettera systématiquement les biberons remplis de lait de sous-marque, même s'il n'a pas vu la boîte.

20 % SCORPION/CARACTÉRISTIQUES : Bébé introverti qui dort uniquement de 2 heures à 5 heures du matin, qui saura marcher dès sa venue au monde et qui fera déjà des placements en actions à huit mois (toujours dans des groupes pharmaceutiques).

10 % BALANCE/CARACTÉRISTIQUES : Bébé modeux qui ne supportera aucun vêtement non griffé, ne parlera que lorsqu'il voudra des cadeaux et refusera de porter des couches car ça se voit sous sa grenouillère (il apprendra à aller au pot vers quatre ans).

10 % CAPRICORNE/CARACTÉRISTIQUES : Bébé froid qui ne parlera qu'à ses dix-huit ans pour passer un entretien et intégrer Sciences po, fera toutes ses nuits à la minute près et décidera de ne plus téter et de se changer lui-même pour des raisons de pudeur.

10 % GÉMEAUX/CARACTÉRISTIQUES : Bébé critique qui remettra en question toute forme d'autorité, saura parler à quatre mois de politique et de maquillage uniquement, évoquera dès la naissance son mariage avec une star de K-pop.

Taureau

« J'aime ce que j'ai, j'aime ce que je n'ai pas, je veux tout à la fois mais un jour je serai stable », voilà votre mantra. Du coup, on attend encore pour la stabilisation.

Enthousiaste
Sophistiqué
Jovial

Acharné
Ostentatoire (m'as-tu-vu)
Gourmand

Amour / Sexo

L'important, c'est de participer. C'est peut-être la meilleure manière de décrire vos perspectives amoureuses. Les Taureau ont en effet deux spécialités : s'amouracher d'une personne qui ignore leur existence, ou ignorer l'existence d'une personne qui a un crush pour eux. Très séducteurs, les Taureau sont parfaitement conscients d'être attirants, et c'est presque un sport olympique pour eux. Attention, toutefois, ils ne sont pas du genre à multiplier les conquêtes en une seule soirée, mais plutôt du style à savoir que toutes les têtes se tournent vers eux quand ils entrent. Vous tirez de cette attention une très grande satisfaction, mais cela a un coût. Comme vous voulez toujours être remarqué, vous agissez toujours comme si chacun de vos mouvements était observé. Vous êtes du style à ne jamais vous affaler dans un canapé et le vent joue toujours élégamment avec vos cheveux là où il ébouriffe le commun des mortels. Bref, en termes de séduction, vous sortez l'artillerie lourde. C'est quand il s'agit de concrétiser que les choses se compliquent. Enfin, que vous les compliquez. Quand le drapeau rouge de l'amour s'agite devant vous, vous avez tendance à foncer tête baissée, ce qui a parfois la fâcheuse conséquence de terrifier la personne qui vous fait face. Ou au contraire, vous faites tellement de détours que votre partenaire potentiel finit par se demander si vous n'avez pas tout simplement quitté l'arène. N'ayez crainte, l'année à venir vous réserve de plus verts pâturages.

POINTS FORTS : Médaillé olympique de séduction, le natif du Taureau n'a aucun souci pour plaire. En même temps, les astres vous ont donné quelques facilités, notamment une passion pour le sport qui vous assure une carrure d'apollon ou des cuisses d'enfer. Pas du genre à douter de votre apparence, que vous soyez beau ou moins beau, vous avez une confiance en vous qui nous époustoufle. Sophistiqué, vous êtes de ceux qui se réveillent déjà coiffés, ou qui règlent le réveil un petit peu en avance histoire de mettre un petit coup de gloss et de se brosser les dents avant que leur chéri n'émerge. En somme, vous ne ménagez pas vos efforts pour plaire, c'est un besoin un peu pathologique, mais ça ne fait de mal à personne. Que vous soyez en couple depuis huit ans ou célibataire, vous avez la même constance dans le soin de votre apparence. Vivre une histoire avec un Taureau, c'est vraiment une corrida. Et on ne dit pas par là que ça devrait être illégal, plutôt qu'il y a une intensité jamais vue. Quand le Taureau aime, il aime fort et démesurément. Vos ex, qui sont d'ailleurs assez nombreux, nous ont également signalé un point à souligner : vous êtes la pom-pom girl parfaite. Aucun projet ne vous fait peur, et vous êtes tellement heureux de voir votre partenaire s'épanouir et briller que vous ne ménagez pas vos efforts. Bref, vous vous enflammez vite pour l'autre. Dans la première partie de l'année, ce brasier s'atténuera légèrement, ce qui vous permettra d'être un peu plus lucide face à cet autre que vous adulez tant. Son idée de mascara comestible est-elle vraiment l'innovation du siècle ? Son application qui trace votre cycle digestif n'est-elle pas à chier ? Et ce gâteau au chocolat avec son cœur coulant aux choux de Bruxelles ne ressemble-t-il pas à du vomi ? Quand vous aimez, ce n'est jamais objectif, et c'est votre plus belle qualité, mais également votre plus grand défaut.

POINTS FAIBLES : La beauté est importante pour vous, pour ne pas dire essentielle. On vous voit avec vos critères improbables du genre « Ah non, pas elle ! Elle a des poignets trop fins » ou « Lui ? Même pas en rêve, t'as vu son épi dans les cheveux, t'imagines au réveil ? ». Si vous accordez une importance démesurée au physique, ça ne fait pas pour autant de vous un être superficiel, vous êtes très rationnel et voulez simplement un amour toutes options. Toutefois, si jamais vous trouvez celui ou celle qui vous excite autant les rétines que les neurones, c'en est fini pour vous de la rationalité. Vous mettez avec plaisir vos plus belles œillères. En couple, votre partenaire n'a PAS de défauts. C'est simple, il ou elle est parfait(e) en tous points. En même temps, pas facile de voir quoi que ce soit à travers le feu infernal de la passion. S'il cogite beaucoup avant de se lancer, le Taureau aime passionnément et sans réfléchir. Mais toute passion a une fin, et la transformation d'une idylle brûlante en une relation stable lui demande un effort surhumain par rapport aux autres signes. La solution de facilité qui s'ouvre à vous est de changer de partenaire pour retrouver cette flamme brûlante que vous aimez tant. Si vous décidez de vous accrocher pour faire de votre relation fusionnelle un couple solide avec des ambitions claires, prenez garde à votre tempérament. Dans la vie quotidienne, vous avez une légère tendance à mettre de la passion dans tout ce qui vous entoure, et pas forcément à bon escient, vous en devenez le roi ou la reine de l'engueulade improbable. Célibataire, vous n'êtes pas épargné, et vous risquez d'en venir aux mains avec celui ou celle qui vous soutiendra mordicus qu'il y a de la crème dans la carbonara. Vous adorez vous enflammer pour les autres, mais faites attention à ne pas vous brûler inutilement.

Pour un signe de terre, vous êtes quand même très chaud. Vous aimez passionnément mais vous avez au final plus d'amour pour la passion elle-même que pour la personne à qui vous vous consacrez. Une fois cette première phase de la relation passée, vous vous désintéressez vite de l'autre, et c'est encore à nous de le ramasser à la petite cuillère. Célibataire, vous avez une fâcheuse tendance à l'indécision : vous étudiez l'autre longtemps et le passez au crible de tous vos critères parfois absurdes, avant de foncer. En début d'année, vous vous retrouverez confronté à une personne insensible à votre charme. Creusez un peu plus loin vers cette kryptonite qui vous met à nu mais vous réserve peut-être la plus belle histoire de votre vie. Si votre relation a plus de cinq ans, un virage très tendu s'annonce, avec une claque que vous n'attendiez pas au tournant. Vous savez, votre partenaire parfait, prenez le temps de redécouvrir vraiment ses qualités, c'est l'occasion inespérée de se mettre au vélo en tandem sur le chemin de la vie. Vous aimez trop vous prendre pour un aventurier rebelle prêt à faire grimper aux rideaux toutes ses conquêtes. Pour vous, le sexe est une conquête, et vous vivez votre sexualité comme bon vous semble, sans vous soucier de l'opinion des autres. Bon, il est vrai qu'on ne peut pas remettre en question votre réputation. Personne ne s'est jamais vraiment plaint d'une nuit endiablée avec un Taureau. En fait si, on a eu droit à des « On en veut encore ! », « Pourquoi faut-il que je lui coure après pour y repasser ? », en somme, tout le monde veut du rab. Côté sexo, difficile de vous jeter la pierre, plus facile de se demander pourquoi autant de monde connaît votre lit sans jamais y avoir dormi.

POINTS FORTS : Ah la la la.... Vraiment, ouf, il fait chaud ! Bon, alors comment commencer ? Les Taureau sont des êtres qui savent très bien y faire côté plaisir. Avec un entrain pour toute forme de découvertes charnelles, c'est tout le zodiaque qui voudrait avoir affaire à vous. On a certes les Vierge qui vous trouvent trop volage, mais vous connaissez les Vierge, elles s'offusquent d'un rien et trouvent que tout le monde est dépravé. Vous êtes attentif à votre physique, car vous aimez plaire, mais vous êtes également attentif au plaisir de votre partenaire. Si monsieur n'a pas le souffle coupé ou que madame n'a pas aperçu une étoile filante à la fin de la partie de jambes en l'air, alors vous seriez prêt à réenclencher la machine. Performer est en effet pour vous une question de principe. Calmez-vous, on ne vous en demande pas tant, et on aimerait bien éviter la crise d'asthme ou la fissure du bassin, on a déjà bien de la chance d'avoir reçu une invitation pour la stratosphère. Le truc, c'est que si l'invitation est alléchante, la liste des invités, elle, est plus longue que vous ne l'aviez prévu...

POINTS FAIBLES : Peut-être que les Vierge avaient raison, vous êtes dépravé si ça se trouve... Bon, on ne va pas aller jusque-là. « Le sexe, c'est la liberté », comme l'indique le magnet rose collé sur votre frigo. Le jovial Taureau que vous êtes en profite sans complexe, et vos corridas sont bien les seules qui ne devraient pas être interdites. Par contre, le SAV s'arrête après l'orgasme, vous n'êtes pas vraiment du genre à faire des pancakes le matin, mais plus à murmurer suavement à l'oreille de votre partenaire : « Dépêche-toi, tu vas rater le dernier métro. » Si l'intimité sexuelle n'a pour vous aucun secret, c'est l'intimité tout court qui vous effraie. Gare à celui ou celle qui « oublierait » sa brosse à dents chez vous, ce serait pour vous une invasion armée qui vous laisserait avec un stress post-traumatique très dangereux pour votre hygiène bucco-dentaire. Bref, laisser de la place à l'autre, c'est assez compliqué pour vous. Vous vous souciez au final plus de votre propre performance que d'une quelconque connexion avec votre partenaire. Essayez de ralentir un petit peu le rythme : en couple, chaque rapport ne doit pas forcément être plus long et intense que le précédent (au bout d'un moment, ça pique), et, célibataire, n'oubliez pas que les gens ne sont pas des cases à cocher sur une liste, après tout vous avez déjà fait tout l'alphabet deux fois. C'est en prenant le temps de découvrir l'autre, plutôt qu'en en faisant la conquête express, que vous pourrez vous stabiliser dans une relation, qu'elle en soit à ses débuts ou que vous essayiez de maintenir la passion des premiers mois depuis trois ans.

Pour le Taureau, la qualité prime sur la quantité : le souci, c'est que vous cherchez la qualité si frénétiquement que vous avez tendance à enchaîner les conquêtes sans laisser une chance au charme d'opérer. Célibataire, la formule all-inclusive a tendance à être bien rodée : cocktail, crac-crac, « Rentre bien » ; en couple, c'est l'escalade et la philosophie du toujours plus qui prime. Détendez-vous ! Si votre méthode marche pour satisfaire votre partenaire, vous y laissez une énergie démente qui vous empêche de voir l'essentiel. Cette année, pensons moins performance mais plus échange mutuel, le plaisir ne repose pas uniquement sur vos épaules.

Travail

Charismatique et carré, le Taureau est la recrue idéale pour tout RH. Chantal, qui vous a recruté elle-même, a vanté vos mérites au patron sans discontinuer après chaque entretien. Décidément, vous avez la cote. Organisé, méthodique, mais toujours stylé, vous avez la capacité d'exécuter vos tâches avec fiabilité sans jamais faire tapisserie. On note cependant que, si les Gémeaux ont un vrai mépris pour l'administratif, de votre côté vous en avez une peur bleue : faire une photocopie d'une carte d'identité est une source d'angoisse sans nom pour vous. Taureau, il vous est facile de réussir dans votre travail, mais vous avez tendance à ne pas vouloir sortir de votre enclos, ce qui ne vous empêche pas de rêver à de plus verts pâturages.

DO'S : Vous avez un charisme de folie. Vraiment, on insiste sur ce point. Vous êtes à votre place dans des maisons de couture luxueuses, dans l'audiovisuel, ou même tout simplement en tant que star internationale de la chanson française. Vous prenez soin de votre image, ça se voit, et c'est très apprécié par votre entourage professionnel. Le « pretty privilege » vous est bien connu, et on vous passe souvent tout et n'importe quoi en voyant votre joli minois. Ça ne vous empêche pas d'effectuer vos tâches consciencieusement et avec succès. Jovial et avenant, vous vous intégrez avec une facilité déconcertante aussi bien dans une entreprise géante du CAC40 que dans une petite boîte familiale vaguement incestueuse. Imperméable à la mauvaise humeur, vous savez détendre l'atmosphère avec simplicité du genre : « Bon, OK, René est viré, mais allez goûter à 16 heures pour vous requinquer ! » Cette imperméabilité vous préserve des petits crachins du quotidien, mais attention, vous risqueriez de ne pas voir venir l'orage…

DON'T'S : Quand le vent tourne, le Taureau est toujours le dernier au courant. Vous avez tendance à être légèrement déconnecté, pour ne pas dire désinvesti. Ce n'est pas une fatalité, mais si vous aimez exécuter vos missions avec brio, si elles se répètent trop, vous vous lassez rapidement. Si vos supérieurs s'en rendent compte immédiatement, votre charisme vous sauve encore une fois la mise. Mais si, souvenez-vous, vous étiez déjà comme ça à six ans, le seul enfant à pouvoir sortir de classe pour, je cite, « bronzer paskil fait beau ». Attention, si vous maniez votre charme comme une arme, à force d'être utilisé sur la même personne, il pourrait finir par s'émousser. Si vous ne vous ressaisissez pas, c'est l'élimination, on éteint votre torche et vous quittez l'entreprise. Pour éviter ce destin funeste, cette année nous vous conseillons de chercher quelque chose qui vous plaise vraiment. Mais allez-vous au moins essayer de chercher ? Ben non.

Vous êtes l'employé idéal... jusqu'à ce que. Votre « peur de rien » vous ouvre des portes incroyables au culot, mais peut tout aussi vite vous les claquer à la figure car vous n'hésitez pas à dire au patron que « mélanger les pois et les rayures, c'est franchement tellement 80 à votre place j'aurais honte de me montrer comme ça ». Cette année, une opportunité incroyable va se présenter à vous ; pour la saisir, il vous faudra faire preuve de discernement. Vous avez toutes les armes pour réussir – plus que n'importe qui –, alors sortez-les au lieu de les laisser au placard, le succès n'attend que vous.

Santé

ALIMENTATION : 5/10 – GOURMANDISE SOCIALE

En termes de métabolisme, vous êtes le signe le plus universellement détesté du zodiaque. Votre tendance à enchaîner les excès sans la moindre conséquence nous laisse verts de jalousie. Très gourmand, vous avez toujours de la place pour le dessert au resto, et vous avez un Caddie qui ressemble plus au panier d'un enfant qu'à celui d'un adulte. Toutefois, si vous êtes un véritable gourmand en société, à la maison vous savez rééquilibrer la balance pour maintenir une alimentation relativement saine et la carrure de rêve qui vous caractérise. Vous êtes d'ailleurs très attentif à votre apport en protéines. Attention, toutefois, le Taureau peut être buté, et vous êtes clairement du genre à avoir une liste d'aliments bannis de votre alimentation longue et improbable comme : « Pas de haricots verts, blancs, noirs, je mange que les rouges. » En somme, vous êtes à la fois le bon copain qui va accompagner l'autre dans tous ses excès et le nutritionniste qui va rééquilibrer ses propres excès le lendemain à grands coups de légumes et de compléments vitaminés. Petit bonus : vous ne connaissez la gueule de bois que de nom.

SPORT : 10/10 – EXCELLENT

Vous pouvez avoir l'air désinvolte, voire un peu flemmard, mais ce n'est vraiment qu'une apparence. Vous êtes le seul signe du zodiaque à avoir le réveil qui sonne tous les jours à 6 heures pour aller faire du sport. Lundi, c'est yoga ; mardi, c'est footing ; mercredi, kick-boxing, etc. Vous êtes inarrêtable et inépuisable. C'est déprimant vu de l'extérieur, surtout pour les Balance, qui ont une forte tendance au snooze. C'est sans doute pour ça que vous pouvez vous permettre tous ces excès alimentaires, ce n'est pas parce que vous avez « un métabolisme rapide », contrairement à ce que prétend votre pote Cancer. Niveau sport, le Taureau fonce sans réfléchir : vous êtes capable de relever tous les défis, alors pourquoi ne pas vous lancer dans une traversée de l'Atlantique à la nage ? C'est si rafraîchissant !

SUIVI MÉDICAL : 5/10 – MOYEN

Vous avez une santé de fer, et heureusement, parce que vous n'êtes pas vraiment fiable niveau suivi médical. Et quand on vous surprend chez le médecin, c'est surtout pour qu'on vous confirme que vous avez un cœur de marathonien ou une peau de bébé plus que pour résoudre un problème. La santé, c'est votre corps, vos règles. Alors devoir prendre rendez-vous et rater votre footing pour y aller, c'est une vraie corvée. Du coup, vous avez une fâcheuse tendance à vous reposer sur vos partenaires ou même vos amis pour effectuer votre suivi médical. Pourtant, une fois chez le médecin, les compliments sur votre santé pleuvent et ça vous donne aussi l'occasion de raconter un peu votre vie. C'est pas si désagréable, non ? Alors allez faire inspecter ce grain de beauté chelou, ça vous fera une occasion d'expliquer comment vous vous êtes fait cette cicatrice en saut à ski en hors-piste.

Amitié / Famille

TAUX DE SOCIABILITÉ : 300 %

On peut dire que vous ne faites pas dans la demi-mesure. Oui, on peut être trop sociable et vous en êtes la preuve. Ça fait de vous le signe du zodiaque qui vit le plus d'expériences improbables et enrichissantes. Grand habitué du oui, vous n'hésitez pas une seule seconde quand votre meilleur ami Karim vous propose un brunch dans les catacombes, ni quand votre cousine Lara vous invite à la suivre en Argentine pour l'enterrement de vie de jeune fille d'une nana que vous n'avez jamais rencontrée. Bref, vous faites n'importe quoi, n'importe où et avec n'importe qui. C'est comme ça qu'on finit coincé à 3 heures du mat' dans un ascenseur de l'Élysée. Vous avez l'esprit d'aventure d'Indiana Jones et l'agenda d'un ministre, mais attention, toutes les expériences ne sont pas bonnes à prendre. Vous êtes aussi bien trop souvent l'expert des plans galère : tout votre enthousiasme ne changera pas une très mauvaise idée en excellent souvenir. Courant juillet, nous vous conseillons d'être particulièrement attentif aux plans nocturnes, nous voyons dans les astres une garde à vue malencontreuse. En amitié, vous êtes fidèle, attentif, de très bon soutien, mais relativement inconsistant. Prenez votre téléphone et relisez les conversations avec vos meilleurs potes : quand avez-vous pour la dernière fois envoyé le dernier message ? Cessez de laisser les gens sur « lu », ils vont finir par mal le prendre. Heureusement, votre côté cheerleader de l'extrême, qui prendra toujours le parti de son ami, fait qu'on ne vous en veut jamais, vous avez juste un rythme complètement WTF. En couple, vous avez une fâcheuse tendance à concentrer ces 300 % de taux de sociabilité vers votre cher et tendre. Pour l'année à venir, nous vous recommandons de tenter de descendre votre taux de sociabilité à un 150 % toujours excessif, mais un peu plus raisonnable. Cela vous permettra peut-être de trouver un équilibre plus sain avant de devenir une caricature de clubber. Personne n'a envie de ressembler à un danseur de tecktonik sur le retour. Reprenez-vous en main.

TAUX D'INVESTISSEMENT FAMILIAL : 90 %

Votre maman nous a demandé de passer votre note à 100 %, elle ne comprend pas comment un enfant aussi parfait que vous peut ne pas avoir la note maximale. Il faut dire que vous êtes très famille, mais contrairement à la Vierge, qui s'y sent un peu piégée, et aux Cancer, qui sont le point névralgique émotif de leur lignée, vous êtes remarquablement stable et constant et y trouvez un vrai cocon protecteur. Papa et maman détesteraient vous voir quitter le nid trop vite. Vous étiez un enfant chéri et il faut avouer que vous avez un peu de mal à couper le cordon. Là où le Bélier rentre chez ses parents le week-end pour faire sa lessive, vous débarquez parce que, quand même, le déjeuner de dimanche, c'est pas rien. Ce statut d'enfant roi ne vous protège pas d'une petite tendance à la commisération. Vous n'avez pas l'impression de manquer de cadeaux ni d'attention, mais vous pouvez facilement vous sentir incompris. Oui, votre père vous a dit qu'il était fier de vous, mais il n'a même pas pris la peine de faire la liste de vos accomplissements, est-ce qu'il s'intéresse vraiment à vous ? Attention quand même à ne pas exagérer, vous êtes très entouré, mais cette douce bulle de coton risque de vous fragiliser quelque peu. Courant septembre, un changement dans votre vie professionnelle vous demandera un effort inhabituel que vous devrez accomplir seul. Nous vous conseillons de vous y consacrer à 100 % au lieu d'aller pleurer dans les jupes de votre mère en jurant que le monde est horrible et méchant et froid et dur. Vous assumer un peu plus en tant qu'adulte vous ouvrira des portes inattendues, et surtout vous permettra de transformer la relation que vous avez avec vos parents. Oui, ils vous voient comme un enfant prodige, mais n'est-il pas temps qu'ils vous considèrent aussi comme un adulte ?

Les signes qui ont le plus de chances de finir ce livre

Lion, 100 %

RAISON INVOQUÉE : C'est simple, dès que vous avez un moment à vous, vous lisez ! Après tout, c'est tellement enrichissant, et puis ça reste challengeant de se confronter aux idées de nouveaux auteurs. Quand vous pensez à tous ces gens qui sont sur leur téléphone dans le métro, ça vous déprime ; dire que vous avez profité d'une correspondance pour terminer ce livre.

RAISON RÉELLE : Vous avez directement ouvert le livre sur le signe du Lion pour vérifier qu'on allait pas vous la faire à l'envers. Ensuite vous êtes remonté dans votre agenda de téléphone pour checker le signe de chacun de vos contacts. Bilan, vous avez lu ce livre 227 fois sans le faire exprès.

Vierge, 95 %

RAISON INVOQUÉE : Vous adorez lire aux toilettes et avez une belle collection d'ouvrages au-dessus de la cuvette. Vous avez terminé celui-ci lors de votre dernière gastro.

RAISON RÉELLE : Vous avez établi un tableau Excel qui classifie vos amis selon leur signe astrologique et les critères attenants. Dans l'onglet « Retard », les trois quarts de vos copines Sagittaire et Gémeaux ; dans l'onglet « Embrouille pour rien », exclusivement les Taureau et les Bélier ; et dans l'onglet « Grosse ambiance », presque uniquement des Cancer et des Lion. Autant dire que votre exemplaire du livre est annoté, et rempli de Post-it.

Scorpion, 90 %

RAISON INVOQUÉE : Vous avez fini l'ensemble de vos tâches et des tâches supplémentaires que vous vous êtes données pour réussir un concours prestigieux. Ce livre est une bouffée d'oxygène que vous avez dévoré en vacances dans le hamac histoire de vous reposer en étant productif.

RAISON RÉELLE : Vous alliez vous lancer dans un footing de quarante-cinq minutes, et finalement vous vous êtes dit qu'il vaudrait mieux vous muscler les neurones en lisant quelques pages de ce livre. Quinze séances ratées plus tard, vous avez enfin terminé ce livre. Bravo !

Gémeaux

Amour / Sexe

Tout le monde dit que vous avez deux visages. Il ne tient qu'à vous de faire en sorte que les deux aient un parfait trait d'eye-liner. En somme, là où certains vont dire que vous êtes perfide car vous avez en effet deux facettes, la réalité est plus complexe. Les Gémeaux se construisent bien entendu en dualité, mais il s'agit d'une dualité entre les émotions et la rationalité. Là où la plupart des autres vont trouver l'équilibre entre les deux (coucou les Balance), vous la faites toujours pencher (la balance, suivez un peu !) d'un côté ou de l'autre. En soi, c'est pas forcément grave, mais il faut que vous fassiez consciemment ce choix. Ah, les choix, ce que vous préférez au monde...

VOS POINTS FORTS : Pour vous, aimer n'est pas un choix. Ça vous tombe dessus sans prévenir. Du coup, vous faites partie de ces gens qui peuvent aimer fort, longtemps et sans jamais remettre leur relation en question. D'ailleurs on vous a vu traîner à bout de bras un bloc de marbre pour y tailler le piédestal sur lequel vous placez l'être aimé. Attention à y placer votre partenaire et pas forcément votre crush, ça pourrait le surprendre un peu. Dans le zodiaque, vous êtes peut-être le vrai signe de l'amour : l'amour sans critères, sans exigences. Vous n'êtes pas comme ces Verseau qui ont parfaitement défini le ratio taille-longueur de cheveux de leur futur partenaire et acceptent une variable de 5 centimètres. Vous aimez sincèrement et sans réfléchir, et c'est beau !

Les choix que vous faites, oui, sont globalement nuls mais il y a de la lumière dans tout. Le plus difficile va être de la regarder sans se brûler les yeux. (Achetez des lunettes de soleil, ça va faire mal !)

Fédérateur et charmant
Patient
Force de proposition

Lunatique
Disproportionné
(dans ses réactions)
N'assume pas tout

VOS POINTS FAIBLES : L'amour inconditionnel, c'est beau, irrationnel, ça fait flipper. On évite par exemple d'annoncer qu'on va épouser un membre de groupe de K-pop qu'on n'a jamais rencontré, c'est chaud. Pareillement, on va éviter de faire un double des clés de notre crush pour lui apporter le petit déj par surprise, c'est illégal. C'est un équilibre difficile à établir pour vous, mais au début du printemps, vous devriez tomber sur une personne qui vous aidera à trouver l'approche subtile qui fonctionnera. En somme, elle va vous envoyer chier de ouf, et vous en avez besoin. N'oubliez pas que vous êtes dans le même bateau, vous ne pouvez pas avoir une relation en Jet-Ski et ne pas vous retourner pour voir si la personne en ski nautique derrière vous n'est pas tombée. D'ailleurs, on vous conseille des vacances à la montagne cette année.

Avoir la tête dans les nuages fait partie de votre charme, vous laisser porter par vos sentiments également. C'est doux et romantique... jusqu'à un certain point. Notre conseil serait de garder le nez dans les étoiles, sans perdre de vue ce qui se passe sur terre. Célibataire, une rencontre vous attend à l'orée du printemps, en été aussi, à la fin de l'automne, ah, et également en plein hiver. En somme, vous avez un peu peur d'être seul. Peut-être le temps est-il venu de ne plus considérer les autres comme une béquille. En couple, cessez de raisonner en absolus : vous n'allez pas divorcer parce qu'il a oublié de baisser la lunette des toilettes, et il serait exagéré de considérer qu'elle vous a trompé car elle a suivi une nouvelle personne sur Insta. Avant d'exploser d'amour ou de colère, posez-vous un instant et demandez-vous si vous n'êtes pas en train de vous emballer ; c'est le moment de ressortir votre deuxième visage, celui de la rationalité.

La sexualité revêt une importance toute particulière pour vous. Elle cristallise en effet tout le désir et vous ne sauriez considérer que vous plaisez sans attiser des convoitises charnelles. Votre sexualité se vit donc dans l'œil de l'autre en premier lieu. Votre objectif est de plaire, de vous sentir désiré et de laisser votre partenaire le souffle coupé. On vous a vu à plusieurs reprises le rejoindre au travail intégralement nu sous votre trench. Attention aux grilles de métro... ça souffle !

VOS POINTS FORTS : l'audace, c'est votre truc. C'est-à-dire que les Gémeaux sont intelligents et intellectualisent beaucoup. Du coup, vous maîtrisez parfaitement la théorie. On vous voit saupoudrer de piment votre vie à deux. Vous avez claqué votre PEL en lumières colorées connectées afin de modifier les ambiances à votre guise, et vous avez d'ailleurs défini trente-cinq atmosphères sexuelles différentes, activables par mots-clés tels que « urgence coquine », « salle de retenue perverse », ou même le fameux « enterrement qui dérape ». Votre audace séduit particulièrement les signes de feu, comme les Lion, qui adorent que vous tourniez les projecteurs vers eux. Vous ne manquez jamais d'énergie et c'est généralement payant. Attention néanmoins à ne pas pécher par excès de bonne volonté, il serait dommage de donner l'impression à votre partenaire que vos moments intimes sont des mises en scène.

VOS POINTS FAIBLES : Vous vous souvenez de la dernière fois où vous avez envoyé un nude à votre conjoint ou votre crush ? On était sur trois heures de mise en scène, des réglages lumière très pointus pour faire ressortir le satin des draps, des roses fraîches achetées le matin même, et deux heures trente de retouche colorimétrique pour vous assurer que vous avez le biscuit de la bonne couleur... Tout ça pour envoyer votre nude dans la conversation famille sur WhatsApp. Franchement, bel effort, mais zéro réconfort pour vous. Pour les mois à venir, nous vous recommandons sincèrement de faire preuve de plus de concentration, cela pourrait vous éviter des réflexions gênantes le dimanche midi chez belle-maman, quand elle vous compare au rôti qu'elle est en train de découper. Célibataire, évitez de passer de 0 à 100 km/h sans transition. En somme : tout nu sous le trench, on vous le rappelle, c'est un coup à finir au poste.

Cette image sulfureuse de dieu du Plumard et de déesse du Septième Ciel vous colle définitivement à la peau. Vous êtes un peu ce pote qu'on recommande à nos copines en leur disant : « Non, vas-y, tu seras pas déçue, il fait super bien les finitions. » En somme, cette réputation, vous ne la volez pas, mais elle est un tout petit peu exagérée, car votre maladresse légendaire vous joue plus d'un tour. Notre conseil, vu que vous avez tendance à vous voir à travers le désir de l'autre, serait d'accorder un choix tout particulier à la sélection de cet autre. Une fois que vous aurez trouvé le bon, il n'aura aucun souci à passer vous récupérer au commissariat dans votre trench désormais légendaire.

Travail

On vous l'a déjà dit, on va vous le répéter : vous avez deux visages. En soi, c'est pas grave, c'est juste que, du coup, il vous faut savoir jongler avec les deux dans la vie de tous les jours. Au travail, une de vos facettes est charmeuse, volontaire et talentueuse, alors que l'autre se montre peu fiable, lunatique et intéressée. L'année passée, vos réussites ont fait parler de vous à tous les étages, et votre tendance à tirer la couverture à vous et à oublier les petites mains qui ont œuvré à votre succès attise les frustrations. Cette année, évoluez avec prudence pour éviter de vous faire des ennemis sans le faire exprès. C'est sans doute déjà trop tard, mais ça fait pas de mal de le rappeler.

DO'S : Continuez à vous dépasser dans votre métier. Vous avez une créativité sans bornes (non, vraiment, sans limites, avec tout ce que ça implique de négatif aussi) et un charme à toute épreuve (un peu trop, attention, on est quand même dans un monde post-#MeToo). Attentif au détail, vous pouvez mettre tout un projet en pause afin de vous concentrer sur la petite chose qui saura faire la différence. En entreprise, vous êtes le profil idéal pour une interaction avec les clients, que vous savez fidéliser sans même le faire exprès tout en alourdissant la facture que vous leur faites signer. Ce talent, vous le devez à l'audace avec laquelle vous parlez aux gens. On vous voit aborder ce grand patron du CAC 40 en lui claquant la bise et en l'appelant par son surnom, parce que quand même « y a pas d'ça entre nous, Gégé ! ». Soyez plus prudent avec vos collègues directs, et tout particulièrement vos subordonnés, car votre tendance à vous approprier tous les mérites crée de dangereuses frustrations.

DON'T'S : On a parlé de vos deux visages, et l'un des deux n'est pas le plus beau à voir au travail. Très stratège (votre plan de carrière est près depuis des années), vous risquez de basculer par mégarde dans le côté sournois. On vous voit aller pleurer chez la patronne car votre collègue a eu une prime et pas vous, même si c'est une prime de déménagement et que vous, vous vivez encore chez papa et maman. En prime vous avez une petite tendance à afficher les autres sans complexe : « Ah bah oui, ce serait plus simple si Caro, elle avait le bilan compta ; il est où le bilan, Caro ? » Cela fait donc des Gémeaux les collègues les plus détestés du zodiaque. Ne vous laissez pas démoraliser par les haters, ça ne change rien au fait qu'à la fin de l'année c'est vous qui décrochez le pactole.

Si nous avions un conseil à vous donner, ce serait de garder vos amis proches, vos ennemis plus proches encore, et vos subalternes encore plus proches (mais pas d'une manière inappropriée, évidemment). S'ils œuvrent pour vous, il faut aussi que vous leur donniez le sentiment d'être respectés. Utilisez une petite part de votre charme légendaire sur eux, vous verrez, vous souderez pour longtemps une équipe du tonnerre. Si les astres ne sont pas alignés pour que vous vous montriez plus clément, peut-être le temps est-il venu pour vous de vous lancer comme auto-entrepreneur ? Ainsi vous évacuerez la frustration de ne pas tout maîtriser de A à Z, et vous saurez sans peine fidéliser des clients fortunés. Ce sera une manière pour vous de poser les nouvelles fondations de votre carrière. Attention, toutefois, si vous vous lancez dans les métiers créatifs : il vous faut absolument un partenaire pour vous encadrer ; car si vous brillez comme peu de gens en sont capables, vous avez également tendance à vous égarer en vous concentrant sur des détails. Bien vous entourer vous permettra d'éviter des moments gênants, comme quand vous avez dû expliquer à votre client pourquoi, quand il est venu contrôler les finitions de la maison que vous avez designée, il n'a trouvé qu'un escalier posé au milieu d'un champ.

Santé

ALIMENTATION : 4/10 – MÉDIOCRE, INSTABILITÉ CHRONIQUE

Comme tous les signes d'air, vous aimez papillonner, et là où la Balance papillonne en amour et le Verseau, au travail, vous, c'est avec la nourriture. Bien évidemment, on ne se tourne jamais vers vous pour vous demander de choisir dans quel restaurant aller dîner, ou même ce que vous souhaitez manger. Les Gémeaux étant passés maîtres dans l'art de l'incertitude, pour eux, l'alimentation est presque une expérience sociale et anthropologique. On vous voit passer sans transition d'un régime végane sans matières grasses à un régime carnivore où vous mangez des tartines de saindoux. Cette instabilité, vous la devez à votre tendance à voir l'herbe toujours plus verte chez le voisin. On ne vous traite pas de vache, mais vous avez clairement envie d'aller brouter à côté. S'ensuivent des expériences pas forcément au top (manger que des pommes pendant deux mois, c'est vraiment limite), mais également de très bonnes habitudes. Par exemple, les Gémeaux commandent peu, ils cuisinent généralement maison. Ça veut pas dire que c'est bon, mais merci d'essayer. Au printemps et au début de l'été, les conséquences de vos expérimentations culinaires risquent de se faire sévèrement ressentir. Les astres de la digestion ne sont pas alignés en votre faveur. Pourquoi ne pas profiter d'un ramadan ou d'un carême pour remettre les pendules à l'heure ? C'est pour vous l'occasion de tester enfin le jeûne partiel, qui pourrait être le parfait reset pour voir s'épanouir votre flore intestinale. Votre aliment céleste est la lentille et votre méthode de cuisson mystique est le micro-ondes.

SPORT : 2/10 – MAUVAIS

Est-ce que l'excuse « je n'ai pas le temps, je suis sous l'eau » fonctionne encore ? Je sais que c'est hyper complexe de trouver cet équilibre entre le travail, la vie sociale/familiale et le bien-être, toutefois, quand il s'agit de sport, vous n'avez jamais la moindre minute (à la différence de vos rendez-vous coiffure, pour lesquels vous n'hésitez jamais à décaler une réunion de travail). Incertain (comme d'hab) face au trop grand nombre de disciplines sportives, vous pouvez compter sur vos proches. Ils sauront vous guider vers un sport épanouissant pour vous. Car, comme tous les Gémeaux, vous débordez d'énergie, et il vous faut absolument trouver un moyen de la canaliser. Tout ce qui est cardio-training vous fera le plus grand bien. Pourquoi ne pas expérimenter le yoga-zumba pour méditer et recentrer vos chakras sur du Shakira ?

SUIVI MÉDICAL : 8/10 – BIEN

Le suivi médical, c'est votre truc. Vous avez une foi aveugle en la médecine. Toutes les médecines. Occidentale, orientale, holistique... Votre médecin traitant vous connaît sur le bout des doigts, vous passez régulièrement chez le cardiologue pour vérifier que tout va bien, et votre connexion aux arts mystiques vous permet de compléter brillamment les prouesses de la médecine moderne. Par exemple, on vous a déjà vu plus d'une fois appeler le marabout Jean-Christian pour maudire une verrue. Force est de constater que ça vous réussit : non seulement cette verrue a disparu, mais en plus votre belle-mère a raté son train et ne pourra finalement pas passer les deux semaines prévues chez vous. Bravo à vous, tout le monde devrait en prendre de la graine. Attention, le cristal de quartz brun que vous avez exposé plein sud dans vos toilettes crée des ondes occultes de constipation ; nous vous conseillons de le déplacer, et de manger quelques pruneaux.

TAUX DE SOCIABILITÉ : 95 %

Les groupes ont tendance à se reposer sur vous, car vous avez un pouvoir de fédération qui nous en bouche un coin. Vous recollez les pots cassés sans même y réfléchir, et vous avez même réussi à faire enterrer la hache de guerre entre Stéphanie et Jennifer, qui se haïssaient depuis le lycée. Franchement, bravo, car au final, il y a peu de personnes qui savent à la fois réunir les gens et les rendre meilleurs. Vous comprenez les énergies des gens qui vous entourent et vous en faites un joli feu d'artifice d'amour. N'oublions pas, même si ce n'est qu'un petit point, rapidos, que cela vous a desservi par le passé quand on vous a tenu responsable, précisément parce que vous étiez toujours là. Parfois les humains ont juste besoin d'un bouc émissaire, et il arrive que ce soit vous. Coup de bol pour vous, ça fait quelque temps qu'on a arrêté de brûler des gens pour sorcellerie, vous l'avez échappé belle. Mais pour revenir à toute la beauté sociale que vous amenez sur terre, on se doit de vous dire merci. Vos amis ont toujours besoin de votre sagesse et de votre esprit ambitieux, qui les élève. Cette année pourra même asseoir votre leadership dans vos relations amicales. Vous devenez un véritable manager des potos. C'est vous qui réglez les conflits, et vous n'hésitez pas à taper du poing sur la table quand quelqu'un abuse. Même si la solitude ne vous angoisse pas énormément, ce rôle peut parfois être lourd à porter. Heureusement, vos proches n'hésiteront jamais à vous tendre la main pour vous tirer du guêpier où vous vous serez fourré. Ce sera tout particulièrement en amour à la venue de l'été, où plusieurs de vos amis vous appelleront en panique pour une fuite de gaz lors d'un rencard foireux. Pour l'excuse, c'est raté, mais niveau soutien, y a pas mieux.

TAUX D'INVESTISSEMENT FAMILIAL : 70 %

Vous êtes le grand incompris de votre famille. À la décharge de cette dernière, vous n'êtes pas exactement facile à comprendre. Ne serait-ce que parce qu'on vous voit annoncer à tout le monde que vous partez vivre à Toronto le mois prochain, pour découvrir que vous êtes en réalité parti vivre dans les Vosges. Y a rien de grave, mais on a du mal à suivre. C'est au final plus un manque de communication de votre part, sur vos sentiments comme sur vos attentes (et on ne parle même pas des objectifs), qu'une volonté de ne pas comprendre de la part de vos proches. Alors ne vous braquez pas immédiatement quand votre mère vous demande de lui ramener du sirop d'érable parce qu'elle devrait savoir qu'évidemment votre plan de partir au Canada est tombé à l'eau. Mettez-vous un instant à la place de votre famille : ils ne demandent qu'à vous accompagner, mais c'est un peu dur de vous suivre, avec vos projets et vos envies qui changent du tout au tout d'un jour à l'autre. Laissez-leur l'occasion de vous rattraper en leur expliquant clairement ce que vous voulez (si vous-même êtes au courant, parce que, sincèrement, c'est pas gagné vous connaissant). Vous managez vos amis sans souci, tentez donc de débriefer avec les membres de votre famille. Les astres vous conseillent de créer une newsletter avant l'hiver, ce sera l'occasion de dire à tous ce que vous devenez et votre relation avec votre grand-tante Marie-Patricia en sortira grandie. Tout comme votre position dans la liste de ses héritiers.

Conversation d'un couple Lion-Cancer

Je t'aime !

C'est gentil ! :)

... Est-ce que tu m'aimes ?

« Moi, moi, moi », tu penses vraiment qu'à toi ! Moi j'aimerais entendre que tu m'aimes plus que moi je m'aime moi-même !

Mais je viens de te dire que je t'aime.

Tu me complimentes pas assez pour que j'en sois sûr en fait.

...

Franchement, t'en demandes beaucoup quand même.

La base en fait, quand on aime on ne compte pas je te rappelle.

Ne t'en fais pas, je m'aime.

*Je t'aime

Sur une échelle de 1 à 10 ?

Merde.

Vos larmes sont aussi inévitables que les impôts. Heureusement, vous pouvez vous exiler à l'étranger pour y échapper (à vos impôts, pour les pleurs, c'est fichu).

Festif
Ambitieux
Dévoué

Radoteur
Victimaire
Intéressé

Cancer

Amour / Sexo

Vous êtes le roi des sentiments, le roi de l'amour, le roi du « Mais je ne comprends pas, je lui avais tout donné ! ». On ne va pas vous la refaire, votre sensibilité vous a joué trop de tours. Ce n'est pas tant que vous manquez de discernement, mais plutôt que vous avez tendance à laisser vos émotions vous contrôler. La bonne nouvelle, c'est que vous n'avez besoin que de quatre jours ouvrés pour analyser et comprendre ce que vous avez ressenti. Votre conclusion ? Vous en faites trop, tout le temps. Il vous faut plus de mesure : un brownie, c'est bon, cinq, c'est beaucoup. C'est de la nourriture, c'est pas de l'amour.

VOS POINTS FORTS : Si l'amour était une course, vous seriez clairement en pole position. Fidèle à vous-même, vous n'y allez pas avec le dos de la cuillère, vous avez même tendance à en faire toute une tartine. Vous aimez sans compter, même si parfois vous ne comptez pas pour la personne que vous aimez. Chapeau bas, il y a tellement de gens qui n'osent pas assumer leurs sentiments que votre aisance à le faire vous rend magnétique. D'ailleurs, même vos ex en parlent encore (un Cancer passe et tu t'attaches, un Cancer sourit et t'es séduit). La raison ne vous est cependant pas étrangère, elle vous est même parfois complètement familière. Attention, c'est une relation, pas un tableau Excel. Heureusement, vous avez à cœur de trouver l'équilibre entre amour inconditionnel et pragmatisme terre à terre. Bonne chance !

VOS POINTS FAIBLES : On l'a bien compris, les relations plan-plan ne vous intéressent pas, vous voulez un opéra grandiose en quatre actes. Il vous faut du drame, de l'action, de l'émotion. Tant qu'il y a une petite larme dans votre œil, peu importe si elle est de joie ou de peine, tout va bien. Mais gare au moment où ça va mal, car toute l'énergie que vous avez mise dans cette relation, vous la mettrez dans votre rupture, et on passera de la comédie romantique au film d'horreur. Film d'horreur qui sera insoutenable pour peu que vous tombiez sur une personne peu démonstrative. Souvenez-vous, l'année dernière, il est parti une fois sans vous faire de bisou sur le front et vous en parlez encore aujourd'hui à votre psy. Ce dernier nous a d'ailleurs confié qu'il va sérieusement falloir commencer à passer à autre chose. Tout votre entourage nous l'a également confirmé, car de toute évidence vous partagez tout avec tout le monde. Vous l'avez compris, votre plus gros point faible n'est pas de trop aimer mais de trop le montrer. Au jeu de l'amour, pensez à conserver une poker face avant d'abattre vos cartes sur la table.

Disney vous a menti : il arrive parfois que le prince charmant ne vous fasse pas la cour après le bal ou que votre bien-aimée n'ait pas une chanson solo qui vous soit dédiée. En vous projetant de manière raisonnable, vous avez bien plus de chances de construire une relation stable. Et si de petites contrariétés apparaissent, ne vous autoproclamez pas cas clinique. Après tout, si certaines blessures ne cicatrisent jamais, ça ne sert à rien d'appuyer dessus tout le temps en criant à votre entourage à quel point ça fait mal. Quand vous vous sentez dépassé, pensez aux huiles essentielles, la lavande a des vertus apaisantes qui sauront vous aider !

Votre tendresse physique fait de vous cet être à qui on a envie de caresser les cheveux toute la night. Et vous en avez parfaitement conscience : vous attendrissez votre cible assez vite, et il n'est pas rare de la voir satisfaire 99 % de vos envies en moins de cinq heures. N'oubliez juste pas de laisser votre cerveau en veille avant de faire crac-crac (oui, pour le coup il s'agit d'arrêter de se prendre la tête). Vous méritez d'aller dans les étoiles, ou dans l'océan, voyez l'image qui vous donne le plus envie de kiffer.

VOS POINTS FORTS : Vous n'êtes pas le genre à ne pas vous écouter. D'ailleurs, on vous accorde la médaille du signe qui se connaît le mieux et qui veut que les autres se découvrent également. Il n'est pas rare de vous entendre parler de vos plaisirs de manière scientifique, comme s'il s'agissait d'une formule mathématico-philosophico-biologique. Quelque part, à en écouter ses partenaires, le Cancer est l'analyste des moments olé olé – contrairement au Taureau, qui en est le commentateur sportif. Si on venait vous interviewer après un tendre moment, on pourrait même écrire un livre, car le soin que vous apportez à votre bien-être est, comme tout ce que vous faites, très intellectualisé. Le petit plus : vous n'avez besoin de personne pour connaître vos désirs.

VOS POINTS FAIBLES : Quel bordel de ne jamais sortir de sa tête ! Et pourquoi il a attrapé ma jambe gauche ? Et pourquoi elle n'a pas encore dit « je t'aime » pour la troisième fois ? Et pourquoi il m'appelle par mon prénom ? Bon, on ne va pas vous faire un dessin, c'est assez stressant pour l'autre de vous observer cogiter dans des moments où il faudrait vous lâcher. N'oubliez pas que vous êtes avec quelqu'un et pas sur le divan de votre psy, même si vous êtes déjà allongé.

Traduire en direct, c'est bon pour les interprètes et ils sont payés pour ça. Et même si vous étiez également payé pour faire crac-crac, ce ne serait pas non plus une raison pour préparer un débrief de trois heures, comme c'est trop souvent le cas. Votre esprit d'analyse est une force s'il est utilisé à bon escient, mais les déceptions du passé ne sont pas toujours amenées à se répéter, alors évitez de les projeter sur vos partenaires. Entre nous, vous savez sur quels boutons appuyer au lit, alors n'oubliez pas non plus d'appuyer parfois sur le bouton reset de votre esprit. Votre cerveau et votre cœur vous en remercieront. Au final, n'est-ce pas plus agréable de moins se poser de questions ? Si, c'est plus agréable.

Travail

Vous êtes au travail comme un poisson dans l'eau. Le seul problème, c'est que vous évoluez dans un milieu de requins. Comme vous êtes fasciné par ces derniers et en manque de reconnaissance, leurs flatteries peuvent vous amener à vous faire bouffer. Pour quelques compliments, vous vous investissez beaucoup, vous ne comptez pas vos heures, et ce n'est pas toujours en votre faveur. Les applaudissements que vous attendez tant tardent à venir, et ce n'est pas en vous consacrant entièrement à votre vie professionnelle qu'ils vont arriver. Pour ne pas finir coincé dans un aquarium de restaurant à Trouville, renforcez votre carapace. Avec un peu de chance, vous ne finirez pas sur un plateau de fruits de mer.

DO'S : Le pouvoir créatif que vous avez est remarquable – de tout le zodiaque, très peu peuvent se vanter de l'égaler (les Bélier ont bien essayé, mais, sans surprise, ça a viré à l'embrouille). Ça n'aide pas vos ambitions, qui n'en sont que plus exacerbées. Les Cancer ne baissent jamais les pinces, surtout quand ils sont au centre de l'attention. C'est pour ça que les métiers qui vous attirent sont ceux où le « moi » est sublimé, comme président du conseil syndical, porte-parole de l'amicale bouliste, ou encore leader des Pussycat Dolls. Et si la réalité est parfois décevante par rapport à vos rêves artistiques, vous persévérez et retombez toujours sur vos pattes. Attention toutefois au claquage.

DON'T'S : Ça y est, c'est le claquage. Comme chaque fois, ça arrive sans prévenir, et ça fait super mal. Six mois que vous êtes surmené à tout donner pour tenir des deadlines impossibles. Clairement, l'eau de la marmite est en train de bouillir pour le petit crabe que vous êtes. Comment en êtes-vous arrivé là ? C'est simple : on peut tout obtenir de vous par la flatterie. Il a suffi qu'on valide votre parfum en posant une énorme pile de dossiers sur votre bureau pour que la pilule passe. Au fond, ça vous donne aussi un magnifique prétexte pour vous plaindre d'être surmené. C'est pas que vous aimez ça : vous adorez. Mais n'oubliez jamais : si les Spice Girls peuvent se réunir sans Posh, votre entreprise peut se passer de vous pendant vos deux semaines de vacances.

Vous avez le sens de la déduction et on vous engage toujours parce que votre sincérité est un atout. Ne laissez pas quiconque vous faire croire que c'est un défaut. Ne vous faites pas berner par les apparences, parfois c'est la personne en claquettes et chaussettes qui est la plus fiable. Faites-lui confiance, elle saura sans doute canaliser votre énergie. Ensemble, rien ne vous est impossible, pas même partir pour une année sabbatique à Roubaix. Tout ce qu'on vous souhaite pour cette année, c'est d'avoir les émotions mieux placées.

Santé

ALIMENTATION : 2/10 – MAUVAIS

La nourriture, c'est toujours pas de l'amour, pourtant c'est bien là votre mode de compensation favori. Vous avez besoin de moments tendres pour vous remettre de chaque contrariété, et si aucun individu n'est disponible, heureusement votre frigo a toujours une porte ouverte vers votre cœur. Gâteaux, pâtes et sodas sont là pour vous, et il faut avouer que vous pensez souvent à eux. Attention toutefois à ne pas rendre cette relation toxique, votre entourage aura du mal à croire qu'une tablette de chocolat est réellement un pervers narcissique qui vous manipule. Mais même si personne ne vous croit, la nourriture vous maltraite, et vous êtes accro. Et ça vire à l'obsession, vous ne pensez qu'à elle toute la journée, à son parfum, à sa couleur et à ses courbes. Du péché mignon, on peut vite passer au cercle vicieux. Alors, sortez la tête du placard à bonbons cinq minutes, tout un monde vous attend à l'extérieur ! Vos amis sont là pour vous, alors pourquoi ne pas transformer cette addiction en force en leur cuisinant de bons petits plats ? Après tout, la nourriture, c'est pas de l'amour mais ça peut bien être de l'amitié.

SPORT : 7/10 – BIEN

La compensation, ça vous connaît : en plus de la nourriture, vous adorez le sport. Le natif du Cancer est un bon partant, toujours motivé pour commencer une nouvelle activité, surtout si c'est entre potes, mais c'est également le premier à lâcher l'affaire. En résulte un rythme sportif un petit peu irrégulier (comme vos humeurs). D'ailleurs, pour vous la vertu première du sport est avant tout de vous vider la tête, et tant que vous ne trouverez pas la discipline qui vous apporte le calme que vous recherchez, vous n'arriverez pas à être assidu. C'est cette quête effrénée qui fait que vous vous retrouvez malgré vous au cours de gym suédoise naturiste proposé par Karine des ressources humaines ou à une initiation au funambulisme à la tour Montparnasse. Ne vous dispersez pas et essayez plutôt de vous consacrer aux sports qui vous recentrent, comme le yoga ou la natation. En plus, vous y laisserez votre stress sans perdre votre slip.

SUIVI MÉDICAL : 3/10 – MÉDIOCRE

Les experts de la santé vous connaissent comme leur ombre. C'est simple, votre généraliste vous a fait une carte de fidélité depuis que vous avez consulté pour un bouton de moustique. Comme tous les Cancer, vous ne faites pas les choses à moitié, et lorsque vous canalisez toute votre énergie sur la santé, ça devient vite dramatique. Dramatique, genre *Grey's Anatomy* à base de maladies exotiques rares et généralement mortelles. Évidemment, Doctissimo est votre bible, et vous n'avez aucun souci à partager avec vos proches votre dernier autodiagnostic d'arthrose précoce qui s'évapore aussitôt que *Djadja* résonne dans les enceintes. Puisque les moments festifs vous font oublier vos maux, utilisez-les comme placebo pour laisser vos angoisses au vestiaire. Après tout, la maladie n'est-elle pas qu'un prétexte, et votre inquiétude, celle de ne pas prendre assez soin de vous ? Alors offrez-vous un week-end au spa, vous l'avez bien mérité. En plus, c'est bon pour les articulations.

Amitié / Famille

TAUX DE SOCIABILITÉ : 80 %

Vous êtes de tous les bons plans. Premier arrivé, dernier parti, le Cancer est l'âme de la fête. C'est vous qui animez le dancefloor à vous tout seul, et à vous voir on croirait que vous êtes douze tellement vous êtes à fond. Rien ne vous fait peur, surtout pas le ridicule. D'ailleurs, on compte toujours sur vous pour décoincer les gens. Une de vos qualités principales est d'aller vers les autres et de vous intéresser à eux. La plupart de vos amitiés ont effectivement commencé ainsi, avec une Macarena et un Aperol Spritz. Vous remplissez les verres à moitié vides, et faites tourner les serviettes. Que ce soit un barbecue de l'amicale bouliste ou une garden-party à l'Élysée, vous restez fidèle à vous-même et ne trahissez pas votre personnalité. Gare cependant à celui qui osera vous faire une réflexion : si vous mettez le feu, votre flamme peut s'éteindre tout aussi vite. La sensibilité est bien un de vos atouts, mais elle peut également se retourner contre vous et transformer cette petite remarque en affront mortel. Maintenant que vous avez mis l'ambiance, ne vous gâchez pas la fête en vous montant la tête. Ne prenez pas tout personnellement, vos amis vous aiment profondément et ne vous veulent que du bien. Si vous parvenez à lâcher prise, c'est une année de célébration qui vous attend.

Le natif du Cancer est de plus très fidèle en amitié, ce qui rend sa présence indispensable. Il est d'ailleurs dans le top 3 des signes les plus choisis comme témoins de mariage. Toute l'énergie que vous mettez à animer une soirée, vous pouvez aussi l'utiliser pour écouter et conseiller vos proches, ce qui fait rapidement de vous une personne essentielle à leur vie. Merci le Cancer !

TAUX D'INVESTISSEMENT FAMILIAL 50 %

C'est peut-être l'analyse la plus WTF qu'on va devoir faire ensemble, car vous allez aussi bosser, oui, oui, on va la faire ensemble ! On vous a vu en début d'année vous occuper de personnes qui sont certes de votre famille mais qui n'ont jamais prêté attention au Cancer attentionné que vous êtes. Et ça a été le ras-le-bol, vous avez envoyé valdinguer toutes vos obligations familiales. Qu'est-ce qui s'est passé ? Est-ce que vous avez rêvé de cette vie de famille inspirée des meilleures télé-réalités américaines ? Avez-vous vraiment cru qu'il suffisait à certains de vous avoir vu grandir pour vous aimer sincèrement ?

Vous en avez tiré les justes conclusions, et cette année sera sûrement celle de votre revanche. On vous voit déjà réévaluer et relativiser vos attentes familiales : « Mes parents ont merdé, mais bon, ils ont fait ce qu'ils pouvaient. » Pareillement, vous n'accepterez plus les proches qui resurgissent de nulle part dans votre vie parce qu'ils ont besoin de squatter chez vous deux jours ou de vous emprunter 50 euros simplement parce que vous avez le même sang. Votre mot d'ordre quand il s'agit d'élaguer les branches de votre arbre généalogique : « C'est pas si grave et ça fait de la place. » Vous êtes un bon juge de la nature humaine, alors faites confiance à votre intuition, elle n'est pas comme tata Mireille, et n'abusera pas de vous.

Top 3 des meilleurs amis de l'année sur lesquels on n'aurait pas misé de base

Capricorne/Gémeaux

TERRAIN D'ENTENTE : L'agenda parfaitement rempli et organisé pour les cinq années à venir (y compris les listes de courses).

POINT DE CHUTE : L'hypersociabilité des Gémeaux, qui frustre légèrement les Capricorne, plus réservés. D'autant plus lorsque ladite hypersociabilité des Gémeaux cible la petite sœur chérie du Capricone en plein déjeuner du dimanche.

ÉQUILIBRE : Histoire de calmer le Capricorne, les Gémeaux n'hésitent pas une seule seconde à demander la petite sœur en mariage et à proposer à leur pote de gérer l'organisation ensemble. Si cette amitié perdurera encore de longues années, ce mariage se soldera par un divorce trois mois plus tard.

Lion/Poissons

TERRAIN D'ENTENTE : Les déguisements outranciers sans raison aucune, pour tout et n'importe quoi, même en cas de profession de foi du petit neveu.

POINT DE CHUTE : Le thème de la soirée c'était « Station de métro », et si le Lion est arrivé déguisé en Marianne pour la jouer République, les Poissons ont eu l'audace de choisir « Poissonnière » et d'arriver avec le déguisement qui va avec (produits de la mer pas frais compris).

ÉQUILIBRE : Le Lion a été recalé car trop dénudé, et les Poissons, pour des raisons évidentes. Ni une ni deux, ils organisent leur propre soirée hyper sélecte au marché de Rungis, le thème de ce soir : « Jennifer Lopez chez le primeur ».

Verseau/Taureau

TERRAIN D'ENTENTE : Ils vivent tous les deux dans leur propre monde dont ils sont la star. Loin d'entrer en concurrence, ils trouvent génial que quelqu'un d'autre les rejoigne dans leur délire.

POINT DE CHUTE : Alors qu'ils étaient à ça de lancer leur propre marque de cosmétiques bio, véganes, écoresponsables, etc., le Taureau a eu l'outrecuidance de faire remarquer au Verseau que son déo expérimental avait une odeur tout aussi expérimentale. Ni une ni deux, vexé comme un pou, le Verseau a fait exploser tout le bicarbonate de soude.

ÉQUILIBRE : Le choc de voir l'appartement intégralement rempli de mousse de bicarbonate passé, c'est parti pour une super soirée mousse à base de stories Instagram qui nous rendraient tous jaloux.

Non, investir dans les perruques ne remplace pas un plan épargne logement, les faux ongles non plus, ce spotlight spécial selfie non plus, les… on continue ?

Créatif
Drôle
Solaire

Autocentré
Capricieux
Désorganisé

Lion

Amour / Sexe

En amour, les Lion adorent qu'on leur coure après, d'ailleurs dans tous les domaines les Lion adorent qu'on leur coure après. La plupart du temps, leurs relations amoureuses se basent sur un schéma simple : « Suis-moi je te fuis, fuis-moi je te fais un scandale en public via un porte-voix. » Il vous faut une bonne dose d'attention et surtout une personne qui n'a pas peur d'être essoufflée. La bonne nouvelle, c'est que vous avez une personnalité solaire qui attire très facilement, la mauvaise, c'est que, contrairement à ce que vous voulez faire croire à tout le monde, toutes les courses ont une ligne d'arrivée, et si vous ne cessez de le repousser, l'autre finira bien par s'en rendre compte. Votre manque de confiance en vous ne se traduit pas par de la mélancolie, contrairement aux Cancer. Vous, vous avez tendance à écraser l'autre parce que si la vie est une course, elle ne doit avoir qu'un seul gagnant : vous. De toute façon avec les Lion, c'est simple, à chaque problème, aucune solution, enfin si : le scandale.

VOS POINTS FORTS : Vous êtes une personne généreuse qui donne à peu près tout ce qu'elle a – sauf ses perruques –, y compris son temps. Vous vous investissez énormément dans vos relations, même celles qui n'existent pas encore. Il suffit que votre crush vous dise bonjour pour que vous pensiez déjà aux cadeaux que vous lui offrirez à Noël (un portrait de vous en Vénus de Botticelli), à l'anniversaire de votre premier jour de relation (un déjeuner tranquille dans votre famille) et à votre rupture, dont vous étudiez soigneusement toutes les raisons potentielles façon *Minority Report*. Votre plus grande force : garder ce qu'on vient de dire pour vous. Non, sérieusement, ça fait un peu peur. Mais cet investissement excessif, vous l'avez dans tous les aspects de votre relation amoureuse. Votre mec s'est fait virer ?

Vous l'attendez en bas de chez lui et l'embarquez dans un road trip de dix jours pour lui aérer l'esprit. Votre copine est énervée après avoir passé deux heures au téléphone avec sa mère névrosée ? Vous lui mimez la parade nuptiale du cacatoès pour lui remonter le moral (mais où aviez-vous caché toutes ces plumes ?). Rien à dire, vous êtes solaire et l'amour tient dans votre vie une place centrale. Il est d'ailleurs essentiel à votre bon fonctionnement ; même célibataire, vous avez un crush auquel vous ne cessez de penser. Cette énergie débordante devra être canalisée cette année afin de porter ses fruits. Votre personnalité est un soleil, mais si vous la laissez trop déborder, vous risquez de brûler ceux qui vous sont le plus proches.

VOS POINTS FAIBLES : Briller, c'est votre truc mais ça peut cramer les yeux des gens. Vous avez un besoin viscéral d'être au centre, sur scène, devant les projecteurs ; à la limite, vous adoreriez être le projecteur lui-même. Puisque vous aimez tant briller, réglez la luminosité de vos ampoules et cessez de toujours abuser des projecteurs, on en a marre de payer, c'est pas Versailles ici. Cela dit, ça vous donne un très clair penchant pour le mélodrame, avec vous on passe sans transition de la comédie romantique à la tragédie grecque. Si le Taureau a tendance à faire le yo-yo avec son poids, vous, c'est avec vos émotions. Pourquoi ? Parce que les paillettes qui scintillent sous les projecteurs ne font que cacher votre manque de confiance en vous. Roi ou reine du « sauvetage des apparences », le Lion cache jalousement cette fêlure. Gare à celui ou celle qui oserait mettre le doigt dessus, ou simplement au mauvais endroit (un bouton par exemple), car là, point de rugissement pour le Lion, mais un silence lourd de conséquences. C'est une arme que vous maniez avec brio et dont l'objectif premier est de mettre votre amoureux mal à l'aise afin qu'il se demande ce que vous pensez. L'objectif second étant évidemment qu'il revienne ramper à vos pieds pour s'excuser platement. Dans les mois à venir, gare à ne pas transformer votre chéri en majordome, car s'il n'a pas une assez grande force de caractère, il finira par perdre toute personnalité et obéir sans réfléchir à vos ordres. Au final, l'idéal pour vous, c'est quelqu'un qui ose vous tenir tête, avec qui le ton monte et les engueulades en deviennent si palpitantes que vous attendez avec impatience la prochaine pour savoir ce qu'il va se passer. Les astres vous prédisent de la vaisselle brisée.

On vous l'a déjà dit, vous êtes solaire, vous adorez être au centre du système et avoir vos petites planètes qui gravitent tranquillement autour de vous, mais gare à ne pas en devenir trop autocentré. « Moi je » n'est pas forcément la meilleure manière de commencer chaque phrase et *Me, myself and I* ne doit pas obligatoirement être la seule chanson que vous écoutez en boucle. Pour l'année à venir, nous vous conseillons de ne pas maintenir forcément l'autre en orbite dans votre vie car cette distance vous permet de toujours présenter votre meilleur profil. N'hésitez pas à aller à la collision ; à ce niveau, un natif du Bélier ferait parfaitement l'affaire, car son côté têtu temporisera vos caprices et il n'hésitera pas à vous faire tomber de votre piédestal d'un coup de cornes. Et voyez comme c'est agréable de ne plus assurer le rôle de la personne parfaite – on ne vous demande pas de passer de star ultra cool à écorché vif, mais y a sans doute un juste milieu. Les psychologues, les sophrologues et le twerk peuvent vous aider à le trouver. En effet, vous pensez que ne pas consacrer toute votre énergie à votre couple (ou à votre crush) est inacceptable, mais bien au contraire, c'est indispensable. En suivant ce conseil, c'est une année haute en couleur qui vous attend, mais vous connaissant, comment pourrait-il en être autrement ?

Au lit, comme ailleurs, vous avez toujours le même problème : vous ne vous sentez jamais assez bien. On ne s'étonne plus de vous voir pleurer en plein moment olé olé parce que vous avez pris 1,6 g la veille ou éteindre la lumière sans prévenir parce que vos cheveux manquent d'hydratation. C'est une galère sans nom de vous satisfaire, mais c'est en même temps assez gratifiant quand ça arrive enfin. Exigeant, le natif du Lion est familier des caprices, ce qui fait que ses partenaires passent souvent énormément de temps à le rassurer. Pas de bol, la seule personne capable de le faire, c'est lui-même. Faire l'amour avec vous, c'est un peu « Koh Lanta », en somme, d'autant plus que vous êtes capable de rentrer dans un rôle tellement rapidement qu'au final on ne sait plus si on couche avec vous ou si on participe à une émission de télé-réalité.

VOS POINTS FORTS : Le Lion est un acteur dramatique, on l'avait compris. Le lit n'est pour vous qu'une scène comme une autre. Scénario, lumières, mise en scène, rien n'est laissé au hasard pour offrir un show inoubliable qui mériterait carrément une standing ovation. Ce serait chelou, donc généralement les gens s'abstiennent, ça ruinerait un peu l'ambiance. Cette mise en scène donne l'impression que vous êtes en représentation tous les soirs pour un public très varié. Mais que nenni, vous ne dressez le chapiteau que pour la personne qui aura vraiment réussi à vous séduire, et ça, c'est pas évident. Ça vous intimide même, ce qui explique peut-être la débauche d'effets spéciaux que vous utilisez pour vous sentir séduisant : lingerie fine, playlist dédiée sur laquelle vous avez passé huit heures, éclairage d'ambiance hors de prix, et même des fruits secs pour l'énergie. Vous n'en avez pourtant pas besoin, car le Lion reste un Lion, magnétique et charmeur malgré lui. Pour vous, le sexe n'est pas une question que de corps, mais une connexion presque mystique où doit régner une vraie cohésion, comme celle de l'artiste avec son public, à la différence que les participants ne restent pas habillés. Ce qu'on n'oublie jamais avec vous, c'est cette pure énergie explosive et créative qui ne cessera pas de se déployer cette année.

VOS POINTS FAIBLES : On disait que vous étiez des acteurs dramatiques, permettez-nous de préciser notre pensée : vous êtes les divas du zodiaque. À trop en rajouter, vous devenez cette star insupportable qui demande plusieurs fois à être recoiffée pendant sa scène. Ce côté diva ne vient toutefois pas d'un égocentrisme absolu, mais plutôt de ce fichu manque de confiance en vous qui vous ronge dans tous les aspects de votre vie. Souvenez-vous de cette fois où elle a passé la main dans vos cheveux et où ça vous a rappelé que vous les perdiez, que clairement vous alliez bientôt ressembler à votre père, et que votre carte de gym devrait plus souvent voir l'air libre. C'est simple, vous n'avez même pas pris le temps de vous rhabiller avant de partir en courant. Vous préférez laisser tout en plan plutôt que d'assumer d'être vu sous un jour plus vulnérable. En grand habitué de la performance, le Lion souffre terriblement d'être mis à nu, que ce soit au sens propre ou au figuré. Pour sortir de cette impasse, laissez vos complexes au vestiaire avec vos vêtements, n'oubliez pas que vous êtes avec une personne qui, a priori si elle est là, est plutôt contente d'être avec vous.

La vie avec un natif du Lion est toujours haute en couleur, et la chambre à coucher ne fait pas exception, pour les bonnes comme pour les mauvaises raisons. Le rappel qu'on pourrait vous faire, c'est de vous souvenir que vous êtes avec quelqu'un ; nul besoin de passer autant de temps à vous admirer ou à vous critiquer, c'est clairement pas pour ça que l'autre est là. On va vous donner une consigne : laissez tomber le masque de la perfection au moins une fois. Ça va être très dur à intégrer, donc on va l'écrire en plus petit : personne ne s'attend à ce que vous soyez parfait en toute circonstance. Et si ça vous gêne de savoir que vous avez des « défauts » physiques, on va vous donner un petit tip : la personne qui vous regarde le fait avec les yeux de l'amour et du désir, c'est plus efficace que la meilleure retouche Photoshop, alors relax.

Travail

Les Lion sont des performeurs-nés. En général, il ne faut pas grand-chose pour que les idées fusent, idem pour les sautes d'humeur, on l'a déjà dit mais on insiste dessus. Très solaires, ils attirent les projets comme personne et savent les mener à bien. Toujours solaires, ils ont tendance à tout ramener à eux et pensent trop souvent tout savoir, ce qui peut les rendre à la fois performants et agaçants. Heureusement, ils savent contrebalancer avec une bonne dose d'humour, ce qui fait des Lion de très bons leaders. On vous retrouvera souvent à des postes de management, où vous excellez à diriger vos équipes. Jusqu'au moment où, au choix :

- vous faites une erreur et votre subalterne vous la signale avec bienveillance. Vous lui hurlez qu'il a tort, jetez ses preuves à la corbeille et lui collez un avertissement pour insubordination ;

- l'assistant du service est indisposé et vous vous retrouvez sans planning, sans agenda, sans café, sans... eh bien, sans rien, car vous n'avez jamais appris à faire toutes ces petites choses qui sont du temps perdu pour vous. Pas de bol, c'est comme ça qu'on perd un contrat. Et il faut juste glisser la capsule dans la machine à café, franchement, c'est pas si compliqué !

Bref, bosser avec un Lion, c'est un joyeux bordel où ça crie, ça rigole, et au final, ça avance pas si mal que ça. Bon, c'est pas la panacée non plus, on a déjà fait plus stable - comme chez les Verseau.

DO'S : Le Lion sait ce qu'il fait, le fait très bien, et sait s'y tenir. C'est un employé fiable qui n'est pas du genre à claquer un arrêt maladie simplement parce qu'il a un poil incarné. Le petit côté star que vous dégagez malgré vous donne à tous l'impression que vous êtes à votre place peu importe où vous êtes. C'est bien votre genre de passer l'entretien pour le poste de chef de projet communication en cosmétiques et de finir mannequin égérie de la marque. Rien à dire, le Lion travaille, mais il a aussi une bonne étoile qui veille sur son destin. Ce manque de confiance que vous avez en amour ne se voit pas du tout au travail. Au contraire, avec vous tout a l'air facile. Si facile que beaucoup pensent qu'au final vous ne faites pas grand-chose. N'hésitez pas à taper de temps en temps sur votre clavier pendant que votre vernis sèche, histoire de faire genre – après tout, vous avez déjà bouclé tous les dossiers du mois. En profession libérale, vous avez une clientèle diversifiée qui devient facilement de très bons amis ; en entreprise, vous avez l'humour et la chaleur qui font de vous un excellent collègue. Sans compter la langue bien pendue qui met un petit peu de piment à la machine à café…

DON'T'S : Même au travail, vous ne savez pas vous empêcher de capricier – oui, on a créé un verbe spécialement pour vous, au point où on en est, ça ne va pas arranger votre melon. Avec vous, la frontière est fine entre humour et remarque cinglante, entre volonté et insubordination, et votre absence totale de considération pour la hiérarchie vous met parfois en danger. Était-il vraiment nécessaire de dire à votre boss que, dans cette robe, elle vous rappelle votre joueur de rugby préféré ? C'est pas un compliment pour tout le monde, mais on sait que vous ne pensiez pas à mal. Par contre, gare à celui qui ose s'introduire sur votre territoire. Vous le gardez jalousement et n'hésiterez pas à lâcher votre meute sur l'intrus pour lui mettre des bâtons dans les roues. Et comme vous avez beaucoup de chance et une capacité innée à fédérer, vous réussissez le plus souvent à évincer la concurrence, à gagner le contrat ou à proposer le meilleur projet. Que ça ne vous monte pas à la tête pour autant : les mois à venir vous réservent de très gros succès, mais si vous les laissez trop vous gagner, vous risquez de devenir un dictateur sans foi ni loi qui ne recule plus devant rien pour accéder au pouvoir. Bref, le méchant du film.

Puisque vous avez toutes les qualités pour percer dans votre domaine mais que votre ego et votre manque de gestion émotionnelle vous en empêchent, voici les bons conseils à suivre :

• CHANGEZ D'ATTITUDE.
• SURTOUT NE CHANGEZ PAS DE PERSONNALITÉ.

Oui, ça sera tout, on croit bel et bien en vous pour l'année qui s'annonce. Qui sait, vous sortirez peut-être même un livre ? Évitez cependant de débarquer aux délibérations des Nobel pour hurler sur ces, je cite, « imbéciles de Danois* qui ne m'ont même pas choisie alors que mon livre a changé la face du monde ! ».

** La fondation Nobel est suédoise.*

Santé

ALIMENTATION : 8/10 – TRÈS BIEN

La nourriture est à la base de vos aspirations esthétiques, qu'il s'agisse de perte de poids, de prise de masse corporelle ou de repousse des cheveux. Du coup, vous contrôlez vos apports nutritionnels avec constance, mais sans obsession. Vous êtes un adepte de l'assiette de la semaine, n'équilibrez pas forcément vos repas sur une journée, mais essayez de prendre du recul. De loin, on voit pas forcément les donuts. Bref, vous êtes plutôt cuisine santé, mais ça ne vous empêche pas d'être inventif et, surtout, de placer le goût avant tout (genre utiliser l'eau de cuisson des pois chiches pour faire de la mousse au chocolat légère). Attention, cependant, si le Lion est un habitué des excès en tout genre, l'excès ici consistera plus à devenir ce mec qui regarde compulsivement toutes les étiquettes des ingrédients au Carrefour ou cette meuf qui s'est mise sur son 31 pour choisir ses fruits bio à l'épicerie fine du coin. En parlant d'excès, quand vous décidez d'arrêter de consommer un aliment, ce n'est peut-être pas la peine de faire la guerre à toute votre famille pour qu'ils suivent votre exemple. Cette année, nous vous recommandons de vous abstenir de lancer le concept de « Pâques sans chocolats », parce que d'une, c'est triste, et de deux, les bâtonnets de réglisse, c'est vraiment pas pareil. Une chose est sûre, on mange quand même toujours bien à la table du Lion, et ce dernier s'assure que le monde entier le sache.

SPORT : 7/10 – BIEN

Essayer de rester le centre de l'attention tout le temps, ça fait dépenser pas mal de calories. Mais en plus de ça, le Lion est très, très sensible à l'aspect physique du sport. Déjà pour se sentir bien dans son corps, mais surtout pour les accessoires : tenue de danse orientale made in Egypt à 750 euros, justaucorps fluo so 80's, gants de muscu en cuir véritable ou encore chaussures de running en édition limitée. Peu importe le sport, pourvu que le Lion ait la lumière. Toutefois, vous avez un amour sincère du sport, même si pour vous il se transforme vite en un remake de clip « J.Lo pour les nuls » (bien entendu, le Lion n'est pas nul, il est « en apprentissage »). En bref, quand le Lion réussit à créer l'ambiance parfaite pour son sport, on ne l'arrête plus. Là, vous êtes assidu, volontaire et performant. Par contre, si vous oubliez votre bandeau rose bonbon pour le cours de zumba, clairement vous n'allez pas y mettre les pieds. Si créer une ambiance est hyper bénéfique pour vous, essayez aussi de voir les autres aspects positifs du sport, comme l'amélioration de votre bien-être, votre endurance qui augmente, et vos jambes qui se raffermissent. Ainsi, vous pourrez vous y tenir, même sans accessoires. Pour les mois à venir, nous vous conseillons de vous mettre au sport chez vous : l'ambiance y est contrôlée, personne ne vous verra décoiffé et transpirant, et c'est peut-être le meilleur moyen pour vous d'apprendre à vous lâcher.

SUIVI MÉDICAL : 3/10 – MAUVAIS

Lorsque votre médecin vous donne une ordonnance, vous la corrigez immédiatement et lui expliquez que, clairement, il s'est trompé, car vos recherches sur Google indiquent que vous êtes atteint d'une maladie tropicale rare, et que son mauvais diagnostic est criminel et aurait pu vous tuer. Par contre, quand vous êtes vraiment très malade, il faut se lever de bonne heure pour vous faire aller chez le médecin ou ne serait-ce que vous empêcher d'aller au travail. Bref, vous êtes sur scène même sur votre lit de mort. Le natif du Lion a cependant de la chance, il est généralement doté d'une santé de fer. Son côté têtu à trop vouloir en faire fait de lui quelqu'un de sujet aux accidents très bêtes, genre se prendre une vitre en faisant une story. Attention, toutefois, si le Lion a une blessure, le dictateur revient au pouvoir : ses proches devront se montrer aux petits soins H24, sans espoir de parvenir à le satisfaire. En bref, pour l'année à venir, écoutez ce qu'on vous dit et regardez où vous marchez.

Amitié / Famille

TAUX DE SOCIABILITÉ : 50 %

La phrase favorite du Lion le résume assez bien : « Les gens à l'heure, ce sont les gens qu'on n'attend pas. » Du coup, on attend le Lion, souvent, longtemps. La raison de ce retard est d'une simplicité enfantine : le Lion doit pouvoir faire son entrée, et on ne fait clairement pas une entrée réussie si personne n'est encore arrivé. Ainsi les Lion sont toujours en retard, mais jamais involontairement. Vous êtes arrivé trente minutes avant la fermeture du vernissage de votre meilleur ami, mais ça ne vous a pas empêché de vous refaire une beauté pendant un quart d'heure pour faire une entrée remarquée. Si on peut toujours compter sur les Lion pour être en retard, on peut également toujours compter sur eux pour mettre l'ambiance et ne pas venir les mains vides. Ce sont les premiers à prendre possession du dancefloor et à lever les inhibitions des autres invités (on vous voit toujours assis, les Capricorne). Et s'ils ne sont pas les premiers à appeler pour un déménagement, vous pouvez compter sur eux pour une rupture. Leur incroyable assurance va déteindre sur vous, et ils sauront vous expliquer par A + B que votre ex ne vous a jamais mérité, que vous, vous méritez bien mieux que lui, et que toutes les deux, vous méritez un p'tit verre. Là où le Lion se montre sauvage, c'est si on essaie de le piéger pour le faire venir à un événement malgré lui. Dans ce cas-là, rien n'ira, la nourriture sera nulle, la musique sera nulle, et en plus, il aura mal aux pieds (d'ailleurs, il sélectionnera soigneusement ses chaussures qui lui donneront la parfaite excuse pour s'éclipser).

TAUX D'INVESTISSEMENT FAMILIAL : 20 %

Comme vous n'y allez jamais de main morte, vous n'avez pas une famille, vous avez une dynastie. En partant de ce postulat de départ, ça ne peut pas bien se passer. Ou au minimum avec une engueulade par épisode. Ces engueulades, vous les provoquez souvent – en même temps, difficile de passer à côté de vous. Le Lion n'est jamais l'enfant oublié dans une famille. Que ç'ait été parce que vous avez eu le tableau d'honneur et les félicitations toute votre scolarité, ou parce que vous arborez une nouvelle coupe de cheveux à la couleur improbable chaque fois que vous voyez votre grand-mère conservatrice. Cette tendance à l'excès fait que vous rangez les membres de votre famille dans deux classeurs : « À admirer » et « À mépriser ». Pas d'entre-deux. À partir de là, certains seront irréprochables peu importe ce qu'ils font, et d'autres ne trouveront jamais grâce à vos yeux. Essayez de prendre un petit peu de recul, et demandez-vous ce que vous attendez de ces relations. Comme vous êtes Lion, la première réponse qui vous viendra sera : « Rien, je me suis fait tout seul ! » Bon, c'est pas faux, mais c'est pas productif. Ouvrez donc un nouveau classeur, que vous nommerez « À découvrir », et commencez à vous intéresser aux gens qui vous entourent. Certains confirmeront clairement votre première impression négative, mais ce ne sera pas le cas de tous. L'année à venir vous réserve de belles surprises et des retrouvailles qui tiennent presque du miracle. Désolée de vous décevoir, ce n'est pas un oncle multimilliardaire qui recherche un héritier.

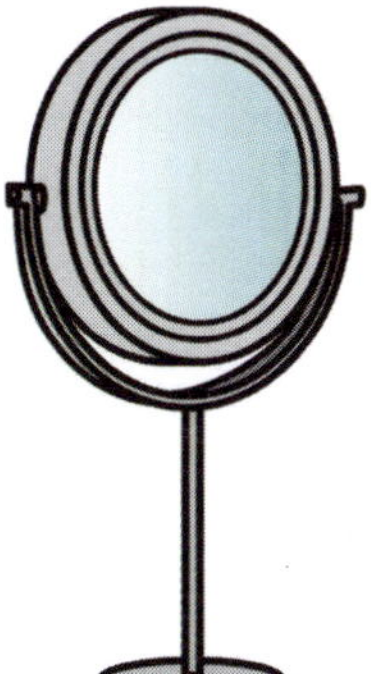

Pourquoi les Vierge n'acceptent pas de devenir des…

Taureau

Cet excès de gourmandise est et restera inacceptable. Il est hors de question de tolérer une telle quantité de nourriture sur une table du dimanche avec les beaux-parents fraîchement arrivés des États-Unis. Trop de trop, ce n'est pas humain et ça doit cesser, l'image tout de même.

Balance

L'argent, ça se gère. Quel manque de raison, quelle insolence dans cette manière effrénée de dépenser dans des sacs à plus de 3 000 euros. Plutôt mourir que de se transformer en icône de la mode sans penser avant tout à un investissement immobilier.

Sagittaire

L'aventure et le goût d'ailleurs doivent être impérativement canalisés. Il faut parfois revenir à la raison et stopper ces envies d'ailleurs intempestives. Il est hors de question de devenir ce baroudeur qui sent le bouc et accepte de dormir à la belle étoile avec des fourmis rouges.

Vierge

Il y a ceux qui raisonnent et qui utilisent leur esprit à des fins admirables, qui mobilisent leur savoir en contrôlant leurs émotions. Ce n'est pas vous, bien sûr, mais il y a ceux qui le font, quoi. La Vierge est un signe de terre, attention à ne pas le faire rimer avec terre à terre.

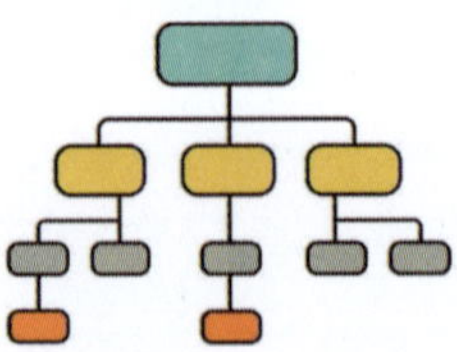

Élitiste
Conseiller
Productif
Préventif

Psychorigide
Désabusé
Plaintif

Amour / Sexo

Le natif de la Vierge, c'est comme le mi-cuit au chocolat. Parfois il nous écœure, parfois on en a mal au ventre, mais on y revient toujours. C'est peut-être votre plus grande force : vous fascinez malgré vous, et ceux qui se laissent prendre à vos charmes ne réussissent jamais vraiment à s'en libérer. Rien à dire, en amour, votre partenaire vous placera toujours sur un piédestal. Qu'il soit mérité ou non, ça ne vous déplaît pas forcément, bien au contraire. Pour vous, les relations de couple ne doivent pas être égales, il y en a toujours un qui doit aimer l'autre un peu plus fort, et ce n'est jamais votre rôle. Dans cette quête pour vous plaire, votre partenaire a du coup tendance à s'oublier et à exaucer tous vos désirs. Heureusement, contrairement à ceux des Verseau, vos désirs ne font pas désordre, et vous serez parfaitement satisfait d'une maison de banlieue avec deux enfants et un labrador. Bref, si vous avez un pouvoir de fascination inégalé dans le zodiaque, vous ne vous en servez pas à son plein potentiel (heureusement que les Scorpion n'ont pas le même don). Vous devez ça à votre douceur naturelle, et on vous envie cette capacité à rester calme et sûr de vos émotions. Par exemple, vous êtes totalement certain que c'est le bon moment pour casser la porcelaine de votre belle-mère et montrer à votre bien-aimé que rentrer si tard n'est pas acceptable.

VOS POINTS FORTS : Vous savez ce que vous voulez et vous n'hésitez pas à le faire savoir. Le natif de la Vierge n'a pas peur en amour, ni de la déception, ni de l'engagement, et encore moins d'essayer. Ainsi, on vous voit vous lancer parfois dans des relations qui font pâlir d'effroi votre mère. Mais qu'elle soit rassurée, une des grandes forces de la Vierge est de tirer le meilleur de ses partenaires. Vous sortez avec une graffeuse qui s'est malencontreusement attaquée à la façade de la maison de vos parents ? Vous en faites la prochaine artiste en vogue et faites ainsi grimper en flèche le prix de la demeure familiale. Il cuisine de la meth maison dans son garage ? Quelques semaines avec vous et il devient un des plus grands chefs en cuisine moléculaire de France. À lire ça, on pourrait croire que les natifs de la Vierge sont exempts de défauts en amour. Et il est vrai que c'est peut-être dans ce domaine que vous avez le plus de facilités. Attention, cependant, Aladdin et Jasmine, si le vol en tapis volant peut être un véritable rêve bleu, l'atterrissage peut se montrer pour le moins brutal.

VOS POINTS FAIBLES : Si les contes de fées ont rarement une suite, c'est pour une bonne raison. « Ils vécurent heureux et eurent beaucoup d'enfants », ça évite d'entrer dans les détails. Car ils ne sont pas forcément jojo. La famille des Vierge est toujours parfaite en apparence. La pelouse est tondue, les enfants sont bien coiffés et les époux forment un couple merveilleux qui fait la jalousie de tous les voisins. Sous ce joli vernis, les choses sont moins roses, car le natif de la Vierge peut se montrer d'une rigidité à toute épreuve. La seule option, c'est la sienne, ce n'est pas que la vôtre soit mauvaise, c'est simplement qu'elle n'a jamais existé à ses yeux. « T'en penses quoi ? » est une question que vous posez très souvent, mais la seule réponse que vous acceptez est : « Comme toi. » On vous voit ainsi mener seul la décoration de la maison (« Les murs en cuir, c'est vraiment à la mode, tu savais pas ? »), les commandes au restaurant (« Il prendra une salade, on fait attention à son cholestérol en ce moment »), ou même les prénoms des enfants (« Mais arrête de râler, t'as pu choisir le nom du chien sans que je t'embête, non ? »). Et vous êtes tellement doué à ce jeu-là que votre partenaire ne s'en rend généralement même pas compte. Là où le Bélier n'a peur de rien, votre douceur et votre capacité à transformer votre option en la seule option fait de vous le partenaire dominant du couple. On ne va pas prendre de pincettes, avec vous amour rime avec dictature. C'est d'ailleurs pour cette raison qu'on vous recommande très chaudement d'éviter toute relation avec les Lion cette année, clairement, vous avez tous les deux des problèmes à régler.

Si la moindre critique de la part de votre partenaire vous heurte autant, c'est surtout parce que, on vous le répète, vous êtes trop rigide. C'est aussi une qualité, on ne voit jamais la Vierge renier ses principes, et vous avez une vraie capacité à vous montrer solide pour l'autre et à être le socle dont votre partenaire a besoin. Toutefois, c'est pas super cool de discuter avec un mur quand on choisit la couleur des rideaux, alors envisagez la possibilité d'écouter vraiment les propositions de l'autre. Faites pas genre, on voit bien que vous pensez à autre chose quand il vous donne son avis. L'écoute est l'ingrédient essentiel à la recette d'une année réussie. Tout particulièrement celle qui s'annonce, qui réserve aux célibataires un vrai coup de foudre qu'ils seraient capables de fuir par peur de la perte de contrôle. Essayez de lâcher prise sur certaines de vos attentes, c'est le meilleur qui vous attend. En couple depuis plus de trois ans, nous vous recommandons de cesser de vouloir que tout soit parfait. Prenez le temps de réexplorer votre relation, et repartez à la découverte, voire à la conquête, de votre partenaire. L'amour vous sera toujours essentiel, mais il ne doit jamais devenir une habitude.

Si l'on se penche du côté du lit, sans mauvais jeu de mots, on remarque que vous êtes loin d'être l'ange que vous voulez représenter aux yeux de la société. On vous pense pur et d'une douceur sans nom alors qu'à regarder vos pratiques sexuelles aussi audacieuses les unes que les autres on pourrait remettre en question votre morale. Évidemment, rien d'illégal, mais vous adorez l'expérimentation et ça se voit, enfin ça se sent, enfin vous avez compris, on ne va pas en plus vous faire un dessin. Les Vierge mettent toujours un point d'honneur à satisfaire l'autre, mais ne s'oublient jamais, surtout dans leur quête de la jouissance. En général, on a tendance à créer avec vous de jolis moments riches en émotions et en cassages de lit inopinés. Attention, toutefois, votre quête de la perfection vous empêche parfois de profiter du moment présent, et ça se voit.

VOS POINTS FORTS : Cette image de sainte-nitouche qu'on veut vous coller est on ne peut plus loin de la réalité. Le natif de la Vierge a une spécialité au lit : surprendre. Et pas forcément qu'au lit, d'ailleurs. Votre sens pratique inné fait de ces surprises de bonnes surprises. Ce qui est extrêmement important quand on parle d'intimité – on vous voit, les Gémeaux. Bref, même votre spontanéité est très bien organisée. Chapeau. Vous connaissez parfaitement votre corps et encore mieux vos envies. Vous avez donc une vraie assurance au lit, que vous parvenez même à transmettre à vos partenaires les plus complexés. Il n'y a pas de bourrelets mais des formes sensuelles, il n'y a pas de vergetures mais des rayures de tigresse, il n'y a pas de petits sexes, que de grandes aventures. Par contre, une fois le feu d'artifice terminé, vous ne connaissez pas le concept de transition. Non, dire : « Au fait, on ramène quoi demain chez ta mère ? » dix secondes après avoir fini n'est pas acceptable.

VOS POINTS FAIBLES : On vient de toucher les étoiles et vous nous faites vite retomber sur terre. « C'était pas mal, mais perso j'aurais pas fait comme ça » est un peu votre phrase fétiche. N'en déplaise à... eh bien, à tout le monde, vous avez une opinion sur tout, et si vous pouvez faire des commentaires pour améliorer la tenue de votre partenaire, vous ne voyez pas vraiment pourquoi vous devriez vous abstenir d'améliorer aussi ses performances au lit. Bref, vous manquez un petit chouia de subtilité et de romantisme. Comment réagiriez-vous si, au moment où vous posez votre tête sur le torse de votre mec, il vous parlait de cette position mal amorcée à retravailler pour le Q2 2022 (de préférence début mai) ? Là où on vous pardonne, c'est que vous avez vraiment tout donné pour le dîner aux chandelles avec vos recettes maison.

Là où certains signes ont tendance à trop être dans leur tête, vous n'avez heureusement pas ce travers. Avec vous, on passe toujours un bon moment, même si vous pouvez négliger l'après. Votre insatisfaction chronique fait de vous un amant un poil négatif. Pourtant, vous avez tout pour vous ! Vous vous connaissez, vous savez décomplexer l'autre, bref, il ne vous manque plus qu'une chose : vous déresponsabiliser un petit peu. Vous n'êtes pas le manager sexuel de votre partenaire, donc vous n'avez pas à le coacher ni faire des plans de match. Dans les mois à venir, nous vous recommandons la plus grande prudence dans vos mots, car une phrase de trop pourrait briser un amour naissant. En couple, nous vous recommandons de temporiser légèrement, le sexe n'est pas une performance olympique et vous n'avez pas à battre votre propre record chaque fois. Au bout d'un moment, ça commence à brûler.

Travail

La rigidité a aussi du bon. Vous supportez parfaitement la pression, vous pouvez rester concentré sur une tâche avec une facilité déconcertante, et vous savez à merveille gérer une équipe. En somme, vous êtes l'homme ou la femme de toutes les situations, ou presque. Presque, parce qu'il vaut mieux éviter de vous demander de multitasker, c'est un peu votre point faible. Dans l'organigramme d'une entreprise, vous êtes le plus souvent responsable de quelque chose ou de quelqu'un. On vous voit particulièrement agent d'un artiste, où votre instinct quasi maternel vous permettra de gérer les crises de diva les plus extrêmes. On vous retrouvera également facilement sur un plateau de SAV téléphonique, c'est simple, vous êtes la seule personne qui n'utilise pas sa pause pipi pour aller pleurer. Bref, pour vous, le travail, c'est du sérieux. Et vous ne manquez pas de sérieux. Du coup vos collègues, employés ou artistes, en oublient parfois que vous n'êtes pas un robot. Pourtant on sait bien qu'un petit cœur bat dans cette poitrine d'acier inoxydable, et que vous prendrez toujours un peu de temps sur votre agenda ultra serré pour au moins nous envoyer un émoji cœur ou fleur ou pompier.

DO'S : La Vierge est le signe le plus responsable du zodiaque. Ça fait de vous l'employé modèle que tous les patrons s'arrachent ou l'entrepreneur ambitieux qui parvient toujours à ses fins. Au travail, vous savez très bien anticiper, cadrer et organiser. Vous avez une très haute idée de votre production, et en conséquence vous êtes d'un perfectionnisme à toute épreuve. Du coup, vous ne produisez jamais quelque chose qui ne soit pas à même de vous satisfaire vous-même. C'est d'ailleurs pour cette raison que Beyoncé s'est séparée de Kelly et Michelle, qui n'étaient clairement pas au niveau (cette opinion engage Beyoncé mais pas l'auteure de ce livre). C'est ce flair qui fait que vous n'hésitez pas à lâcher un poste confortable pour vous lancer à l'aventure. Ce n'est cependant jamais sur un coup de tête, car vous passez parfois des années à étudier le pour et le contre et à élaborer le parfait plan d'action. Pareillement, si vous travaillez en équipe, vous avez un sens de la persuasion qui semble quasiment surnaturel. C'est comme ça que vous êtes parvenu à faire passer aux RH que le « séminaire blanchiment dentaire » était l'occasion rêvée de resserrer les liens et d'illuminer les sourires. Attention, toutefois, ces qualités peuvent vous monter un peu à la tête et établir une distance avec le reste de l'équipe, ce qui n'est pas arrangé par le fait que vous êtes le dernier à raconter votre vie à la machine à café. Par contre, vous prenez des notes sur tout le monde... on sait jamais.

DON'T'S : Vous êtes fiable, irréprochable, consistant... le plus souvent. Gare cependant à celui qui pointerait un de vos manquements du doigt. Critiquer votre travail, c'est vous attaquer vous. « Évidemment qu'il n'a pas aimé ma présentation du plan social, il déteste les rousses ! » En somme, vous avez toujours une excuse, mais contrairement au Cancer, qui fait au moins l'effort d'en avoir une valable, les vôtres sont généralement en carton. Heureusement que vous n'avez pas souvent besoin de sortir cette carte. En effet, votre capacité de travail est vraiment pharaonique, et ça, rien ne peut le remettre en cause. Le problème avec les Vierge, c'est que si elles sont en apparence insensibles à la pression, ce sont en réalité de véritables autocuiseurs. Et si la pression monte trop haut, gare à l'explosion. Sans signe avant-coureur, vous êtes capable de claquer votre démission ou de partir en arrêt de travail prolongé. Sans signe avant-coureur, vraiment ? Vous le saviez, pourtant, que vous étiez épuisé, que vous vous rongiez les sangs pour tenir des deadlines impossibles, alors pourquoi avez-vous refusé obstinément de tirer la sonnette d'alarme et d'écouter vos proches ?

Dans l'année qui vient, nous vous conseillons de faire un bilan de vos expériences passées. Où s'est situé le point de rupture ? Qu'est-ce qui vous a fait basculer ? Qu'est-ce qui vous a laissé un goût d'insatisfaction ? Loin de nous l'idée de vous dire quoi faire ou penser (de toute manière, vous ne nous écouteriez pas), mais peut-être serait-il de bon ton de remettre un peu d'humanité dans le travail. Vous n'êtes pas une machine, alors pourquoi attendez-vous de vous-même une capacité de travail tout simplement surhumaine ? Alors, même si vous êtes « dé-bor-dé », prenez une petite heure pour aller à l'after-work organisé par le service contrôle qualité. Car si vous avez collé le ballon en pleine tête du P-DG monde au dernier match de foot en salle, qui dit que ce sera encore le cas ? Mettre un petit peu de fun au bureau aide toujours à prendre du recul.

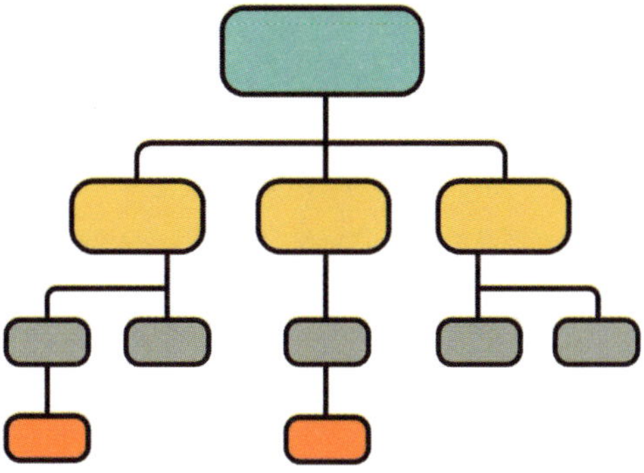

Santé

ALIMENTATION : 9/10 – TRÈS BIEN

On vous voit comme le roi des bubble teas sans sucre ou la reine des tartines montagnardes au fromage de pays, et ça tombe bien, c'est ce que vous êtes. Les Vierge savent faire l'équilibre entre sain et gourmand. La technique ? Le fait maison. Car si les Vierge adorent les restaurants, les invitations parfumées, le pianiste au fond de la pièce et les menus à plus de 50 euros, elles adorent encore plus mettre la main à la pâte. On vous a aperçu récemment organisant des sessions d'apprentissage autour de gâteaux à la citrouille épicés, et il ne sera pas surprenant de vous voir au dernier atelier Thermomix (vous en profiterez d'ailleurs pour promouvoir votre espèce de blog culinaire qui n'a mobilisé que cinq personnes en trois ans). On salue cette créativité sans faille qui anime vos papilles, mais on regrette de ne pas en bénéficier plus souvent.

SPORT : 7/10 – BIEN

Vous ne supportez pas de laisser votre enveloppe corporelle à l'abandon, et entre nous, c'est parfois obsessionnel. On en a un petit peu marre de vos applications en tout genre qui comptent chaque dépense calorique et qui géolocalisent les meilleurs coachs sportifs en plein air dans un rayon de 6 kilomètres. Oui, c'est lourd, mais au moins cette tendance à tout suivre vous garantit un métabolisme des plus performants. Très branché fitness, vous êtes du genre à vous étonner sincèrement auprès de vos proches : « Comment ça, tu fais pas trois cents abdos par jour ? Mais tu vas avoir une descente d'organes ! » Les courbatures sont du coup pour vous monnaie courante, car il est très difficile de vous sortir de la salle (toujours plus). On nous dit d'ailleurs dans l'oreillette qu'il serait judicieux de vous détendre un petit peu au niveau de l'agenda. Prendre soin de soi à un tel niveau de rigidité peut vite se transformer en obsession. Bon, on exagère un petit peu, mais vous aussi, donc on est quitte.

SUIVI MÉDICAL : 8/10 – TRÈS BIEN (MAIS LA SANTÉ N'EST PAS UNE COMPÉTITION)

Votre capacité à ressentir ce que le commun des mortels a du mal à percevoir est inégalable. Genre vous êtes capable de dire : « J'ai mal à la rate en ce moment » alors que franchement, nous, on sait même pas où c'est. Que ce soit physiologique ou mental, vous êtes au top du savoir, juste devant les Balance. Du coup, vous avez tendance à avoir une excellente relation avec les médecins, qui vous considèrent comme les patients idéaux. Le seul problème, c'est que vous les considérez, vous, à peu près comme le dernier iPhone. « T'as pas eu de rdv chez MA dermato ? Ah, du coup tu vas chez ce médecin-là... non mais c'est bien aussi. » Bref, vous êtes de vrais snobs de la santé et ça vous réussit, évitez toutefois de vous la péter pour ça. Cette année, la santé restera pour vous au beau fixe, et parti comme c'est parti, ça ne devrait pas changer de sitôt.

Amitié / Famille

TAUX DE SOCIABILITÉ : 60 %

Vous vous souvenez quand on disait que vous étiez perfectionniste ? Eh bien c'est pareil en amitié. Vous avez un registre de critères indispensables et n'hésitez pas à faire passer de véritables entretiens d'embauche pour recruter vos proches. Et si vous renouvelez systématiquement la période d'essai avant de recruter en CDI, les longues amitiés ne sont pas forcément épargnées par un plan social surprise. De toute manière, c'est simple : tous vos amis passent également un entretien annuel où on trouve des questions du genre : « Diriez-vous que le cadeau d'anniversaire que vous m'avez offert est : satisfaisant/très satisfaisant/pas satisfaisant ? Une paire de chaussettes, ce qui est totalement inacceptable et clairement un terrible manque de respect. » Le plus surprenant, c'est encore que ça ne fasse pas peur à tout le monde ! Au contraire, vous vous faites des amis extrêmement facilement, et si vous en changez tout aussi vite, ça ne vous empêche jamais d'en trouver de nouveaux. À croire que vous avez un charme fascinant. Votre force, c'est peut-être d'ignorer totalement la gêne, ou au moins de faire comme si vous n'en ressentiez pas. C'est bien votre genre de vous faire une nouvelle pote dans le RER D en commentant les textos qu'elle envoie à son ex, ou même chez le podologue en exposant à tous ce magnifique oignon qui attire tous les regards. Notre conseil : asseyez-vous un instant, et demandez-vous pourquoi vous attendez autant de vos amis. S'ils peuvent devenir une seconde famille, ce n'est pas à eux de remplacer votre mère. Dans l'année à venir, apprenez à donner un tout petit peu moins de vous-même et, en échange, acceptez que les autres ne vous considèrent parfois pas comme leur priorité absolue. Si vous vous souvenez de chaque fois où l'un de vos amis n'a pas été là pour vous, commencez également à noter dans un carnet toutes les choses qu'ils ont faites pour vous – on oublie trop vite le positif. Peut-être est-il temps pour vous de prendre un de vos formulaires d'entretien annuel et de vérifier quelles sont vos aspirations pour l'année à venir ?

TAUX D'INVESTISSEMENT FAMILIAL : 200 %

Votre mot d'ordre : « J'irai où tu iras. » Telle Céline Dion, vous êtes prêt à tout pour les êtres qui vous ont vu grandir. Votre niveau d'affection pour votre famille n'a d'égal que votre agenda surbooké. C'est pourtant la seule raison pour laquelle vous seriez prêt à retirer des tâches dans ce dernier. Le temps n'est jamais compté pour la famille, d'ailleurs vous n'avez jamais loupé la moindre bar-mitsva, et vous pouvez vous vanter d'avoir assisté à toutes les naissances de l'année. On en a d'ailleurs un peu ras le bol que vous vous sentiez obligé de nommer l'enfant avant même que les parents ne puissent le faire. Et puis c'est quoi cette obsession pour les noms de fleurs ? Orchidée, ça fait strip-teaseuse, et Marguerite, ça fait grand-mère, il va falloir trouver un juste milieu. Attention, cependant, vous avez encore une fois tendance au surinvestissement. Vous avez besoin de vous sentir utile et ça implique parfois de faire quatre heures de train pour aller faire le déménagement de votre arrière-cousine au dix-huitième degré. Essayez de temporiser un petit peu, d'autant que vous serez vexé si jamais elle ne renvoie pas l'ascenseur. Cette année, nous vous conseillons de trouver la juste mesure qui vous permettra de nouer des relations solides et de connaître en profondeur ceux que vous aimez parfois par principe. Ça vous évitera également les faux pas gênants que vous ne remarquez même pas : quand votre nièce vous demande d'organiser un anniversaire *Star Wars*, ne partez pas du principe qu'un décor mexicain avec une piñata lui plaira bien plus. Si elle détruit sa piñata à mains nues, ce n'est pas parce qu'elle « joue le jeu », mais peut-être bien parce qu'elle est hyper déçue. On peut toujours compter sur vous pour faire les choses, mais si votre façon de procéder a fait ses preuves, n'hésitez pas néanmoins à laisser un peu de place à la nouveauté et à écouter les autres. Si votre bon goût est sans faille, il n'est pas forcément celui de tout le monde.

Pourquoi les Balance ne doivent pas avoir ces animaux

Destinée, un chat Cancer

C'est le plus grand point faible des Balance : la mignonnerie et les ronrons à tout va. Il est donc très risqué d'adopter un chat Cancer. Entre votre facilité à mettre à l'aise et la dépendance affective de Destinée, on pressent un attachement hors du commun à base de niche en velours, collier en or massif et croquettes élaborées par un chef gastronomique. Impensable de dormir séparés, même en vacances, et même si par hasard votre moitié était là. Attention à ce que ce chaton pervers narcissique ne devienne pas toxique en vous éloignant des humains.

Jingle, un chien Vierge

Jingle est un chien en apparence amical, réceptif et très volontaire... En apparence. C'est en réalité un chien quelque peu machiavélique qui prendra un malin plaisir à déchiqueter vos plus jolis meubles. La raison ? Jingle est Vierge et ne supporte en aucun cas une modification de son planning inutile et injustifiée. Vous le savez, vous n'êtes pas la meilleure en organisation, et Jingle ne tolérera jamais un retard de plus de trois minutes sur ses horaires de sortie. Pareillement, il attendra que la nourriture soit servie à la même heure, dans la même assiette, et avec le sourire. Gare à vos nouvelles Stan Smith si jamais vous ne répondiez pas à toutes ses exigences. Joyeux et dynamique, Jingle sera bien plus heureux avec un maître ou une maîtresse Vierge qui saura tenir un planning.

Beauty, un poney Lion

Avoir votre propre poney est un rêve qui remonte à très loin. C'est un animal qui coûte cher, vous étiez certes prévenu, mais vous ne pouviez pas vous attendre à Beauty. C'est un poney Lion, en clair : un poney qui se prend pour une licorne. Sa beauté et son poil soyeux sont sans pareils, tout comme son caractère. Elle n'accepte de partir en balade que pour faire du shopping, et elle risque de vous mordre les mollets si vous la laissez plus de deux jours avec la même coiffure de crinière. Attention, avec Beauty vous vous êtes trouvées, elle est aussi fabuleuse que vous rêvez de l'être, et vous ne regardez pas à la dépense pour en faire le petit poney le plus sublime de tous les temps. Il semblerait que la nature Lion de Beauty active dans votre cerveau le centre neuronal du shopping. Évitez Beauty si vous ne voulez pas finir dans le rouge.

Balance

On vous disait « activités créatives et lâcher-prise », vous avez compris « shopping et bouder à long terme ». Les Balance, ou les êtres qui ne comprennent que ce qu'ils veulent entendre…

Volontaire
Tolérant
Charismatique

Dépensier
Boudeur
Tête en l'air

Amour / Sexo

Franchement, on va vous applaudir. Oui, carrément, toujours plus. Il faut bien avouer qu'en termes de gestion émotionnelle, compréhension et tolérance, les Balance remportent le prix des meilleurs espoirs 2022. Les astres ont beau être fourbes avec certains, avec vous il n'en est rien, vous remplissez les critères de l'amour et de l'amant idéal. Capable de tolérer ses chaussettes qui traînent sans hurler à la mort, doué pour accompagner l'autre au maximum de son potentiel artistique sans le forcer, c'est tout le zodiaque qui devrait apprendre de cette force tranquille que vous représentez. Évidemment, tout serait bien trop beau s'il n'y avait pas ce « mais » qui s'apprête à bouleverser la tournure de ce paragraphe. On vous sait tolérant en amour, donc on vous conjure de l'être pour la suite. Alors, pourquoi faut-il toujours que vous agissiez en enfant gâté ? Les Balance sont en effet des minuteurs humains. Je m'explique : autant vous pouvez encaisser sans broncher de très grosses frustrations, autant parfois vous allez exploser pour quelque chose de totalement insignifiant, juste parce que le minuteur est arrivé à zéro. Enfin, exploser, on se comprend, on va plutôt dire bouder. Vous êtes un peu du genre à crier sur votre partenaire pour être sûr de ne pas avoir à le voir pendant les deux prochaines heures, quitte à les passer à bouder dans les toilettes. Le pire dans tout ça ? C'est que vous n'en êtes pas moins attachant.

VOS POINTS FORTS : On ne peut pas parler de Balance sans parler d'équilibre, et en amour vous avez le parfait dosage. Contrairement aux Scorpion, qui ont étudié combien de temps précisément il faut laisser l'être aimé sur « vu », les Balance ne se posent jamais ce genre de question. Et ça marche. Votre charisme inné et votre flegme légendaire font que les relations se font presque toutes seules pour vous. Signe d'air, on pourrait presque dire qu'en amour vous vous laissez porter par le vent. Contrairement aux Gémeaux, quand vous vous attachez à quelqu'un, vous ne le quittez pas à la première brise. Perceptif, vous comprenez assez facilement votre partenaire et ses besoins. On vous a déjà vu traverser Paris en robe de chambre pour aller chercher du Doliprane à la pharmacie de garde parce que madame avait mal au ventre. On vous voit aussi retoucher les photos de monsieur pour lui donner un air de déterré afin qu'il puisse échapper à la réunion de famille qui l'angoisse depuis des mois. En soit, votre plus gros point fort, c'est de comprendre l'autre sans qu'il n'ait à s'expliquer. Et votre plus gros point faible, c'est d'attendre que l'autre vous comprenne sans avoir à vous expliquer.

VOS POINTS FAIBLES : Les Balance savent parfaitement communiquer, sauf leurs frustrations du quotidien. Vous êtes par exemple du genre à dire : « Il doit être chaud, ce nouveau pull » quand votre partenaire vous montre l'immonde création de sa grand-mère en vous demandant si vous l'aimez. Bref, vous péchez par excès de diplomatie, alors que parfois, dire les choses franchement, ça vous éviterait bien des soucis. Surtout que, comme votre animal totem, la Cocotte-Minute, vous montez en pression avec le temps. Ce pull horrible, vous l'avez supporté des années, jusqu'au jour où vous vous mettez à hurler sur votre partenaire que ce pull est hideux parce qu'il a oublié d'acheter du lait. Ça n'a pas de rapport, et c'est ça le problème. Vous conservez les dossiers sans les traiter, et votre sens aigu de la justice vous fait les ressortir tous dans le désordre. Résultat : votre chéri passe en comparution immédiate. À la fois juge et procureur, vous lui expliquez que vous savez qu'en portant ce pull il se souvient de sa grand-mère qu'il adore, vous savez également que ce pull est la chose la plus laide de toute la création, mais en conclusion vous allez vous sacrifier et accepter qu'il continue de le porter. En somme, vous allez juste bouder comme un enfant. Dommage, vous avez une réputation de signe cérébral à tenir – on n'est pas des Bélier quand même ! Mais le pire dans l'histoire, c'est qu'à vous concentrer sur des petits détails, vous laissez passer les gros défauts.

Pour vous, l'amour est une évidence, même si vous n'en jouez pas. Vous avez une myriade de prétendants que vous remarquez à peine et éveillez facilement l'intérêt des autres. Célibataire, vous n'avez donc aucun souci à enchaîner les dates jusqu'à trouver celui ou celle qui éveillera votre intérêt. En couple, votre art du compromis vous permet de solidifier rapidement votre relation. Pour cette année, pourquoi ne pas préparer votre ménage de printemps en faisant le tri dans les dossiers que vous gardez soigneusement en tête ? Tous ne sont pas utiles, et généralement ils vous éloignent même de l'essentiel. En vous débarrassant des chaussettes qui traînent dans votre esprit, vous parviendrez à y voir plus clair pour faire de grands pas en avant dans vos projets à deux. Célibataire, ne négligez pas ce travail d'archives, il vous permettra de ne pas reprocher à votre crush les erreurs de votre ex. C'est qu'on s'y perd quand même...

On s'attend à une prise de conscience sur ce comportement un peu bébé Cadum, n'ayons pas peur des mots, qui a tendance à gâcher de précieux instants avec votre chéri. De toute façon, ce début d'année s'annonce riche en émotions, puisqu'il est possible que vos perspectives amoureuses basculent. Non pas que vous allez vous faire plaquer par mail, mais plutôt que vos projets communs risquent de ne pas concorder. Vous pourrez être amené à devoir faire un choix crucial ou la fuite ne sera pas possible. Célibataire, il va être question d'accélérer les choses de votre côté. Vous n'allez pas bouder indéfiniment et, de toute façon, votre charme au goût de miel va attirer trop d'abeilles pour que vous résistiez. Sortez de votre coin.

Ce qu'on retient de cette année côté sexo, c'est que vous n'avez pas lésiné sur les moyens mis en place pour que tous les moments hot le restent. Avec constance et sans ennui, on se réjouit de vous voir faire de la routine une succession de plaisirs élégants. Car oui, en parlant d'élégance, les Balance adorent ce qui est à la fois raffiné et sexy. On n'a jamais vu par exemple un Balance se pointer un soir de pleine lune en tenue d'Aquaman avec un fouet. À l'inverse, il n'est pas rare de vous voir changer de coiffure, de lunettes ou encore préparer une parure de lit en coton d'Égypte pour un tendre moment avec votre moitié. Ce qui vous définit le mieux : la bonne foi. Même dans votre refus, car vous n'êtes pas une machine de guerre, il y a toujours ce mot doux qui fait passer la pilule plus facilement pour celui ou celle qui s'attendait à « plus si affinités ». Problème : vous avez tendance à oublier que justement une personne qui veut faire l'amour avec vous n'est généralement pas immortelle (bien conservée à la limite, mais c'est tout). Générer l'attente, c'est bien, une salle d'attente, c'est moins bien. En effet, contrairement au Taureau, qui collectionne les conquêtes, la Balance collectionne les possibles. En somme, votre phrase fétiche, c'est : « Avec lui, y a grave moyen. » Avoir les moyens de conclure, c'est bien, mais à force de faire attendre l'autre, ne vous étonnez pas si votre Netflix & chill n'implique que vous et un pot de glace.

VOS POINTS FORTS : Les Bélier devraient en prendre de la graine : cette douceur, ce calme, cette attention que vous portez au moindre détail sans devenir le mec chiant paranoïaque qui vérifie la mesure des taies d'oreiller avant de faire crac-crac, c'est du travail d'orfèvre. Vous passez les mains dans les cheveux de monsieur en susurrant : « Quelle chevelure chatoyante », vous prenez le temps de demander si tout va bien à madame au début des festivités, et vous avez même parfumé les draps avec le parfum préféré de votre moitié avant qu'il retire son slip affreux de 1979 (tolérance à toute épreuve). Parlons-en, d'ailleurs, de votre tolérance. Vous savez créer un climat de confiance, une vraie safe zone où les complexes ne sont pas à leur place. Mais pour en arriver là, le chemin est long…

VOS POINTS FAIBLES : On vous a déjà dit qu'il y avait une différence entre générer l'attente et gérer une salle d'attente. Disons-le haut et fort, ça va vous faire du bien de l'entendre : personne ne se plaît à vous courir après ad vitam aeternam. Mettez-vous un petit peu à la place de celui ou celle qui vous court après. Ça fait deux ans que la musique d'attente du SAV Darty résonne dans leurs oreilles, ils n'en peuvent plus. D'ailleurs, est-ce que vous allez vraiment finir par les mettre en relation avec un conseiller, ou est-ce que vous les faites simplement poireauter pour vous rassurer ? Posez-vous la question, ça vaut le coup. Et ça vaut le coup de se la poser avant qu'ils ne raccrochent, parce que c'est ce qui va finir par se passer. Alors oui, vous êtes tolérant à tous les niveaux et attendez de même de l'autre, mais y a des limites quand même. Vous voyez bien qu'on parle de sexo ici, et que votre problème principal, c'est de pas y aller ? En soi, c'est agréable de se faire courir après, mais gare à ne pas essouffler vos partenaires, ils pourraient ne plus avoir assez d'énergie pour le marathon que vous avez à leur proposer.

Bon, on ne va pas s'immiscer dans votre lit à vous donner des conseils à la mords-moi-le-nœud parce qu'on sent bien que si vous allez bien les écouter, vous êtes tellement tête en l'air que ça va entrer par une oreille et ressortir par l'autre. Du coup, on vous a fait une liste, au moins c'est simple.

LISTE NON EXHAUSTIVE DES CHOSES À FAIRE ET À NE PAS FAIRE POUR UNE VIE SEXUELLE ÉPANOUIE :

- Répondez en moins de cinq heures quand on vous envoie : « J'ai envie de toi. »

- Évitez de trop jouer les mijaurées quand vous avez autant envie de grimper aux rideaux que votre partenaire (personne n'aime attendre aussi longtemps, à commencer par vous).

- La mise en scène, c'est bien : parfum, draps de soie, etc., mais n'en oubliez pas la spontanéité, vous n'êtes pas Cléopâtre non plus.

- Continuez de vous montrer prévenant avec l'autre, c'est grâce à vous qu'on n'est plus complexés par notre cellulite.

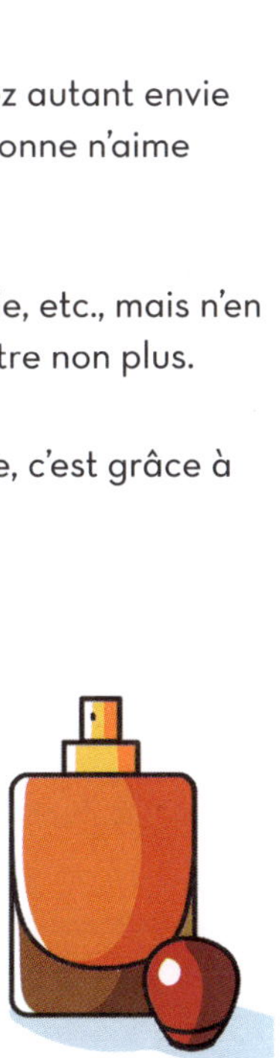

Travail

On va commencer par ce qui fâche pour s'en débarrasser, d'accord ? Prenez un chocolat chaud, ça passera mieux. Il va falloir sérieusement que vous appreniez à tenir l'ensemble de vos engagements à partir du moment où ils impliquent des gens, de l'argent et des familles entières qui ont hypothéqué leur maison (on dramatise pour que ça résonne dans vos oreilles). En bref, vous êtes certes un signe d'air, mais c'est pas une excuse pour être autant tête en l'air et autant désorganisé. On veut bien vous défendre avec des « Il est étourdi, il a oublié le dossier de prêt chez lui », « Elle n'est pas très organisée, elle rendra donc son jugement demain », mais à un moment donné vous allez finir fiché « wanted » avec récompense mort ou vif, et il ne vous restera plus que vos yeux pour pleurer. Heureusement, ce moment arrive rarement, car vous êtes un as de la pirouette, vous avez toujours un plan A, B, C, D, E… Bon, on va pas vous faire tout l'alphabet, vous avez compris. En somme, ça s'agite beaucoup pour faire le taf, et du coup les Vierge vous regardent toujours un sourcil haussé, mais au final le résultat est bel et bien là. Juste, ça a pris beaucoup d'énergie et surtout une quantité de drame improbable. Heureusement, vous compensez ça par un excellent sens de la justice. Vous vous montrez très concerné par les causes humanitaires, les équilibres environnementaux et la paix sociale, et l'on vous appelle pour rétablir l'ordre dans le calme et la dévotion, ce qui vous va à ravir au teint. Les vrais pacifistes de ce monde sont des Balance, et on serait ravi de vous voir encore plus briller dans le domaine de la loi.

DO'S : Peace and love, yes les amis, on garde à jamais cette capacité à amener la paix dans l'open space comme à la maison. Il nous faut toujours une Balance, née sous les astres de la bienveillance, du charisme et de la compréhension, pour que le travail soit fait dans le respect total d'autrui. Vous avez toujours eu cette envie de révolutionner la moitié des départements, et vous le faites avec un tact légendaire que les Scorpion vous envient. On s'étonne encore que vous ne soyez pas le P-DG de la boîte mais, après tout, on pressent un virage à 180 degrés pour devenir très vite le P-DG de votre propre boîte. Vous avez une remarquable capacité à peser le pour et le contre, et à faire redescendre ceux qui montent un peu trop haut. Vous êtes bien du genre à donner votre avis sur la stagiaire qui sera remerciée : « Oui, elle est très gentille, elle s'habille bien, elle est très intelligente, mais elle a foiré trois dossiers d'affilée, clairement elle sera plus heureuse ailleurs. » En somme, vous avez toutes les raisons d'être apprécié au bureau. Bon, en vrai, y a bien ce souci d'organisation... Y a aussi le fait qu'une fois que vous avez porté un jugement sur quelqu'un, vous n'en démordez pas... Ah, et vous avez une petite tendance à vous poser en défenseur des causes perdues. C'est une entreprise, pas un chenil, il va falloir grandir un peu.

DON'T'S : Vous êtes un vrai calme au travail. Avec vous, en apparence, le programme de l'année, c'est un long fleuve tranquille. Sauf que ça, c'est en apparence. Parce qu'on va mettre le doigt là où ça fait très, très mal : les plannings, la facturation, bref, tous les process d'organisation. Vous haïssez viscéralement toute forme d'organisation, et en même temps, si vous n'avez pas quelqu'un pour le faire pour vous, c'est la panique à bord. Car la Balance est dramatique. On vous voit vous plaindre à n'en plus finir à votre assistant sur le rapport de fin d'année. Mais quand vient le moment de passer la seconde, car la catastrophe est vraiment là, il n'y a plus aucun drame théâtral de votre côté, vous passez à l'action et réglez le problème calmement. Vous voyez où est le souci ? Non, évidemment. On va vous l'expliquer, du coup : vous allez péter un câble parce que vous avez renversé votre café sur le CV de la personne que vous recevez en entretien, vous allez hurler, pleurer, supplier... Mais par contre si le stagiaire supprime l'intégralité des serveurs sans le faire exprès, là vous vous attelez calmement à la tâche pour rattraper le coup. Bref, vous ne faites pas sens du tout, et pourtant, le travail est fait.

Je ne suis pas sûre que vous ayez vraiment saisi où se trouve votre problème au travail, alors on va vous l'expliquer clairement. Entre votre manque d'organisation viscéral, votre phobie administrative et votre capacité incroyable à créer des drames pour de tout petits contretemps, vous vous épuisez. En ce début d'année, misez tout sur votre charisme pour bien vous entourer. La Balance n'est pas faite pour travailler seule, et trouver de bons partenaires vous permettra de compenser efficacement vos défauts. À l'automne, une promotion se dessine, ce serait dommage de passer à côté parce que vous avez fait une crise de nerfs car la photocopieuse était bloquée. Revoyez vos priorités.

Santé

ALIMENTATION : 5/10 – MAUVAISE GESTION ÉMOTIONNELLE DE L'APPÉTIT

Les Balance devraient, comme l'indique leur nom, savoir faire la balance entre nourriture saine et nourriture pas saine du tout. À la place, vous vous la jouez gymnaste et nous faites un grand écart des familles à base de grands écarts. On vous la fait courte, si ça va, vous mangez, si ça va pas, vous mangez aussi. En plus, vous connaissez sur le bout des ongles tous les apports nutritionnels nécessaires à votre corps, et savez composer des menus savoureux et parfaitement équilibrés. Sauf si la lune est Gémeaux, car là, pour le coup, vous lâchez complètement l'affaire à base de gros burgers dégoulinants de fromage, de nuggets par vingtaines et de pots de Ben & Jerry's individuels de 500 millilitres. Parfaitement conscient de faire n'importe quoi, la Balance se dit que c'est pas grave, elle équilibrera tout ça plus tard. Et à ce niveau on peut étrangement vous faire confiance. En soi, vous compensez vos humeurs par la nourriture, puis compensez ces excès en vous autorégulant un peu plus tard. Vous avez craqué le code, mais attention toutefois à l'effet yo-yo. À l'approche de l'été, repassez donc derrière les fourneaux pour renouer avec le plaisir de cuisiner – tous les coursiers Uber Eats ne devraient pas connaître votre prénom, c'est pas normal.

SPORT : 8/10 LES BONS JOURS

Pas vraiment concerné par les photos de bombasses et de beaux gosses qui défilent sur Instagram, le natif de la Balance ne fait pas de sport pour ressembler à un quelconque idéal. Ça ne veut pas dire que vous ne vous comparez pas, simplement que vous vous comparez avec vous-même. Vous avez par chance un rapport sain à l'exercice (on vous voit, les Taureau) avec un grand focus sur les sports de plein air qui vous oxygènent le cerveau. Le sport, c'est avant tout pour la Balance un moyen de se sentir mieux. Mieux, c'est bien, par contre, une fois que la Balance se sent un peu mieux, elle lâche l'affaire #objectifatteint. Donc vous êtes du genre à rendre tout le monde vert de jalousie en atteignant rapidement et facilement vos objectifs, puis à vous en contenter complètement. Vous avez passé une année de rééducation du genou suite à une blessure et retrouvé 100 % d'amplitude sous l'œil médusé de votre kiné, avant d'arrêter tous vos exercices du jour au lendemain parce que « ça fait plus mal ». Attention, les astres nous révèlent que ça risque de refaire mal si vous arrêtez totalement vos étirements.

SUIVI MÉDICAL : 4/10

Pas du genre à pleurer pour un oui ou pour un non. L'ensemble du corps médical s'accorde à dire que les Balance sont coriaces et connaissent très bien leur métabolisme. Vous allez donc vous étonner de voir une note aussi peu valorisante. Mais il y a bel et bien anguille sous roche dans l'espèce de toute-puissance médicale qui fait votre réputation. Doit-on vous rappeler que dans « suivi médical » il y a le mot « suivi » ? On reconnaît bien là le côté tête en l'air de la Balance. Parce que vous êtes quand même du genre à avoir un stomatologue et un podologue surdiplômés attitrés sans jamais avoir pris le temps de choisir un médecin traitant. Bref, votre suivi médical n'est pas catastrophique, on pourrait le résumer simplement comme votre appréciation de mathématique sur votre bulletin scolaire de cinquième : « Irrégulier, peut mieux faire. » Parfois, très chère Balance, il vaut mieux devoir se mettre à quatre pattes quand quelque chose brûle que de se retrouver aux urgences proctologiques la veille de Noël (toute ressemblance avec un vieux souvenir serait fortuite).

Amitié / Famille

TAUX DE SOCIABILITÉ : 84 %

Les Balance sont entourées. Bien entourées, trop entourées, entourées de gens toxiques peut-être, mais entourées. On vous voit bien fêter votre anniversaire dans votre appart où il y a plus de potes que de mètres carrés. Vous l'avez compris, le natif de la Balance a besoin de sociabiliser pour exister. Qu'il s'agisse d'un groupe de potes de cinquante personnes ou d'un mini-groupe d'amis où vous êtes quatre, cela importe peu pour vous tant que vous pouvez vous nourrir de l'autre et lui apporter quelque chose en retour. Les amitiés avec les natifs de la Balance sont généralement chargées de positif. Vous êtes du genre à être toujours dispo pour les déménagements, même si au final vous venez « principalement pour coordonner, tu sais, moi j'ai vraiment un très bon œil ». Bon conseiller, vous n'êtes pas du genre à vouloir être calife à la place du calife, mais plutôt à vouloir tirer vos amis vers le haut. Pom-pom girl de l'extrême, vous adorez vous atteler aux cas désespérés, car au final ça vous donne le sentiment d'être utile. Attention à ne pas confondre cas désespérés et personnes toxiques. Souvenez-vous de cet ami, mais si, celui qui avait toujours un problème et toujours besoin de vous mais qui disparaissait dès que vous aviez besoin d'un coup de main. Le genre à recentrer la conversation sur lui quand vous essayiez d'avoir son avis sur le prénom de votre futur enfant. Vous lui aviez bien accordé le bénéfice du doute les 357 premières fois, mais la fois où il vous a demandé de passer chez lui arroser les plantes pendant son absence et qu'il a ensuite insisté pour que vous fassiez la vaisselle qu'il avait laissée dans l'éviter quinze jours plus tôt, car « tu comprends, sinon ça va pas sentir bon quand je vais rentrer », on va pas se mentir, on vous connaît, vous avez fait la vaisselle et ensuite vous avez jeté l'éponge à la poubelle et sur cette relation. Bonne poire, oui, mais jusqu'à un certain point, et le sens aigu de la justice des Balance fait que votre sentence est généralement irrévocable. 2022 sera placé sous le signe de la fête, nous vous conseillons de n'y inviter que des gens qui n'abusent pas (pensez au canapé en velours de mamie, il pourrait ne pas y survivre).

TAUX D'INVESTISSEMENT FAMILIAL : 30 %

Si on vous écoute, vous avez vraiment une famille en or. Sauf maman, qui a vraiment tous les vices, qui vous met la pression non-stop et n'arrête pas de vous titiller sur le fait que vous ne soyez pas encore marié à vingt-trois ans, ça commence à faire. Papa de son côté est intouchable, tout ce qu'il fait est parfait. Il faudrait voir à ouvrir les yeux et amener un petit peu de nuance dans le jugement que vous portez sur votre famille. Être un tout petit peu moins mélodramatique, en somme. Surtout qu'il y a du positif, on vous voit échanger des regards complices avec mamie Jeannine, quand vous passez tous les deux votre assiette sous la table pour que le chien finisse le couscous aux lardons expérimental de tante Chantal. En soi, vous qui vous prenez pour un grand justicier, vous avez un petit peu tendance à jouer la carte du favoritisme. Vous passez tout à mamie, vous l'aidez même à planquer ses bouteilles dans les lampes du salon, par contre ça fait six mois que votre sœur vous envoie des textos pour vérifier si vous êtes encore en vie, pensez à lui répondre. Bienveillants et compréhensifs, les Balance ont envie que ça se passe bien, et ils sont prêts à mettre la main à la pâte pour que ça soit le cas. Et si cela doit vous amener à couper les ponts avec une personne toxique, eh bien soit. L'année qui vient sera pour vous l'occasion de vous demander si votre propre expression « loin des yeux près du cœur » ne mériterait pas d'être revue. Impliquez-vous un peu plus ! Les astres sont propices à l'organisation d'un barbecue familial (demandez à Chantal d'apporter le vin).

Quelle générosité, quelle dévotion, quelle beauté du geste quand vous avez craqué le PEL pour vos petits-neveux par alliance. En même temps, vous n'êtes pas le plus raisonnable côté finances, donc pas de quoi vous délivrer un diplôme à cadre doré. Il est vrai que les Balance sont des personnes investies qui ne comptent pas les heures de présence auprès de ceux qu'elles aiment. On vous voit appeler votre maman « môman d'amour », et votre papa, « papounet chéri », reconnaissez que vous êtes quand même de grands enfants à ce niveau-là. C'est bon, vous l'avez reconnu ? Super, on peut poursuivre. C'est parfois gênant de demander encore une histoire avant de dormir à trente-deux ans mais bon, après tout, on n'a jamais trop d'amour. Blague à part, il va falloir sûrement couper un petit peu le cordon un jour au l'autre. Si vous pensez que votre rapport à la famille est sain, il est surtout dépendant. Il va s'agir prochainement de voir la réalité en face et de faire comprendre à vos proches que vous avez grandi (n'oubliez pas que bouder, on doit arrêter par la même occasion). Vous avez réussi à couper les ponts avec mémé Jeannette, celle qui vous obligeait à cacher les bouteilles de rouge quand l'infirmier arrivait, alors il serait important d'être plus tolérant avec elle qui souffre d'une addiction et plus ferme avec votre mère qui ne veut pas vous lâcher la grappe. En bonne Balance que vous êtes, cette année il faut miser sur une indépendance plus probante et un équilibre familial sain. Vous allez y arriver, allez, on y croit, enfin, prouvez-vous que c'est possible, par pitié, on a une carrière d'astrologue à mener.

18
POMPIERS

Les signes qui ont le moins de chances de finir ce livre

Balance, 2 %

RAISON INVOQUÉE : Une personne sans domicile fixe s'est présentée en bas de chez vous en vous apprenant que sa famille était en grand danger. Par solidarité, vous avez pris les choses en main et trouvé à ces personnes un toit provisoire. Pour les occuper, et surtout leur faire oublier ces moments sombres, vous leur avez fait la lecture du livre. Très heureux, ils se sont rendu compte que leur carrière à tous allait décoller et que ce n'était qu'une question de temps (ils ont aussi appris que, côté sexo, ça n'allait pas être folichon). Dans un élan de générosité, vous leur avez laissé le livre pour retrouver une vie professionnelle qui finirait par leur sourire.

RAISON RÉELLE : Vous l'avez simplement laissé à l'arrière d'un taxi le mois dernier. Vous ne vous en êtes d'ailleurs toujours pas rendu compte.

Gémeaux, 6 %

RAISON INVOQUÉE : De toute évidence, il s'est perdu entre deux déménagements. Pas d'inquiétude, vous vous êtes promis de le racheter pour le finir. C'était il y a deux mois, il va falloir s'y mettre.

RAISON RÉELLE : Vous avez débarqué sans prévenir chez un ex qui vous manquait et lui avez offert ce livre en pensant que le volet « amour » allait vous rapprocher tous les deux (il est Verseau, une vraie galère pour le récupérer, en plus il n'a jamais montré ses sentiments pendant la relation). Ça n'a pas marché. Le livre a atterri au recyclage et sert désormais de papier peint dans les toilettes d'un motel mal famé.

Poissons, 10 %

RAISON INVOQUÉE : Ce livre est une véritable pépite, ça se savoure lentement, page à page. D'ailleurs, je ne le lis qu'aux toilettes.

RAISON RÉELLE : Le livre a été oublié au parc Disneyland Paris dans l'attraction « La maison des poupées ». Vos recherches pendant trois heures n'ayant pas abouti, vous en avez conclu qu'il était tombé dans l'eau au passage des « poupées du monde ». Le parc a retrouvé le livre hier et l'a finalement conservé pour le laisser au service des objets perdus. Vous avez gâché votre après-midi et avez loupé la parade des princesses en plus de rater la lecture complète de votre signe.

Scorpion

J'aime l'amour, je hais l'amour, j'aime l'honnêteté, je hais les rêveurs, de toute manière on va tous mourir. Excusez-moi d'être réaliste.

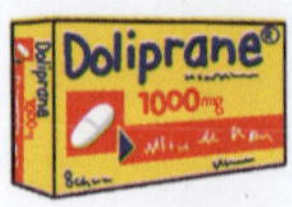

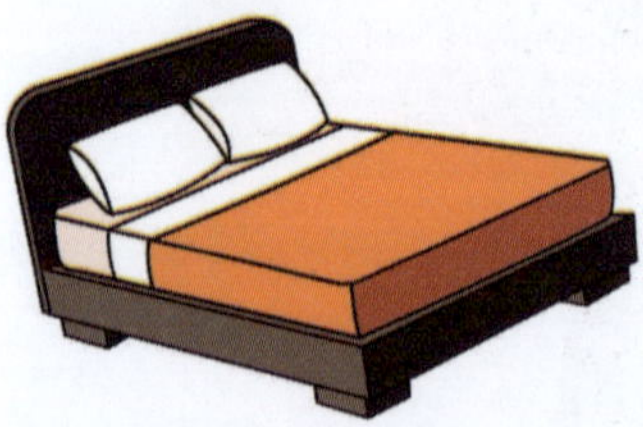

Pragmatique
Bosseur
Affirmé

Rancunier
Froid
Trop sûr de lui

Amour / Sexe

N'est pas Scorpion qui veut. En même temps, qui veut être Scorpion à part vous ? Votre parcours amoureux se décline en trois étapes faciles (ou pas) : vous allez galérer à m'avoir, vous allez adorer m'avoir, vous en sortirez un petit peu traumatisé mais plus cultivé. Oui, cher Scorpion, vous ne menez pas la vie simple à ceux qui tombent sous votre charme. Tout est mille fois plus complexe que prévu, rien ne se passe de manière fluide et/ou harmonieuse, mais en même temps une fois piqué par votre charme, difficile de s'en échapper. Les sentiments du Scorpion sont extrêmement forts, mais ils demandent de très grandes qualités pour être éveillés. Plus vous voyez en l'autre un potentiel, une ambition, une intelligence hors du commun, un compte en banque qui sous-entend un taux d'imposition élevé, plus vous vous investissez. On n'a jamais dit que vous étiez une personne intéressée, mais plutôt que, pour éveiller votre intérêt, il faut pas y aller avec le dos de la cuillère. En somme, le commun des mortels vous ennuie.

VOS POINTS FORTS : Vous êtes préparé, très préparé, trop préparé. Vous avez d'ailleurs dessiné sur votre iPad Pro le schéma d'une relation parfaite, et vous savez vous y tenir. Il n'est certes pas facile d'éveiller l'intérêt du Scorpion, mais une fois que vous êtes investi dans une relation, l'abandon n'est pas une option. La séduction est chez vous une seconde nature et vous avez parfois même du mal à la passer en off, ce qui peut vous valoir de vous faire sauter dessus par la voisine dans l'ascenseur alors que vous descendiez juste les poubelles. Ce superpouvoir a aussi du bon, car c'est à vous qu'on décerne la palme du nombre de couples resoudés post-rupture. Vous aimer n'est jamais ennuyeux, il y aura certes des turbulences, mais la destination vaut vraiment le coup, pour peu que le passager soit bien accroché. Pour cela, il vous faudra idéalement un partenaire calme qui saura contrebalancer vos excès. Attention toutefois aux Gémeaux : si vous trouvez charmant leur côté rêveur, vous avez du mal à leur pardonner d'être parfois dans la lune. Quoi qu'il en soit, une relation avec un Scorpion ne s'oublie jamais, que ce soit pour de bonnes ou de mauvaises raisons.

VOS POINTS FAIBLES : Comment vous vous la racontez... Oui, ça va parler mal - de toute façon, vous n'avez pas notre adresse, on se lâche. Il faut toujours que vous jouiez le rôle du prof désabusé qui instruit les autres. Sauf que si vos amis peuvent apprécier vos conseils, en amour ça devient vite fatigant. On a compris que vous saviez tout, essayez de lever le pied à ce niveau-là. Ce serait bien d'arrêter d'offrir des cahiers de vacances à votre chérie dès que vous partez en week-end : en plus de pas être très détente, c'est carrément désagréable. On demandait de l'amour et on se retrouve avec un coach pour *Qui veut gagner des millions ?* Si vous avez une faiblesse, c'est peut-être de tout surintellectualiser, ce qui peut être fatal en amour. Ça et les turbulences dont on parlait plus tôt. Le Scorpion a les idées bien arrêtées, et n'est pas forcément ouvert aux autres opinions. Il est vrai que le Scorpion a toujours raison. C'est simple, même quand il a tort, il a raison d'avoir tort.

Votre réputation n'est pas usurpée. Le Scorpion cultive le mystère, et ça attire. Ce rôle que vous jouez, s'il est efficace, n'est généralement rien de plus qu'une armure que vous portez pour affronter le monde, la faute à une sensibilité exacerbée. Laissez une chance à l'autre de dépasser cette barrière que vous installez vous-même, ça peut vraiment en valoir la peine. Attention à ne pas attirer les mauvaises personnes, car la réputation de chaud lapin du zodiaque ne vous lâche pas (comme vos nombreux admirateurs). Temporisez vos réactions, cela adoucira votre côté parfois trop hautain et théâtral. Laissez les jugements faciles aux Lion, qui de toute façon n'ont pas prévu d'arrêter de sitôt.

On l'a donc vu, votre réputation est très épicée. Dans notre langage, ça veut dire qu'on vous prend pour le plus hot du zodiaque. Le sexe est pourtant une affaire de réalisation chez vous. Tel un trophée qui garantit votre place sur je ne sais quel trône, chaque moment olé olé vous aide à vous émanciper (donc vous les enchaînez, naturellement). Vous êtes assez froid à la ville, c'est au lit que les températures montent. L'année passée a été à ce niveau-là une consécration et il vous a été facile de saisir vos proies. Par contre, rien ne s'annonce si chaud pour l'année à venir, bien au contraire...

VOS POINTS FORTS : S'il faut que ça brûle, alors mon gars ça va brûler. C'est vrai que, sexuellement, personne ne s'est jamais plaint d'un ennui quelconque avec vous. Même pour une soirée imprévue, vous misez sur votre charisme et votre fameuse réputation pour en mettre plein la vue (et pas que la vue – oui, on a un côté beauf). Si votre partenaire n'est pas toujours aussi affirmé que vous, vous savez le décoincer et l'aidez à s'assumer. Toute votre année s'est basée autour d'une force énergétique incroyable. Vous avez enchaîné quelques nuits, et journées, enflammées, en couple comme célibataire. On a même eu des échos de vos partenaires nous indiquant qu'ils avaient du mal à suivre le rythme. En même temps, quand on est face à des athlètes...

VOS POINTS FAIBLES : Il y a quand même cette partie de vous ultra sûre d'elle en apparence qui paradoxalement peut refroidir à la longue. Qui veut passer un moment qui s'annonce tendre ou caliente avec une personne qui n'hésitera pas à s'autocomplimenter en plein acte ? Votre ego vous joue trop de tours dans vos relations sexuelles. Difficile de le mettre de côté, surtout si vous avez un léger coup dans le nez. Alors là, c'est le summum, et on assiste à la pièce de théâtre érotique la plus gênante qui soit. Si en plus on a le malheur de vous demander d'arrêter de vanter vos propres mérites, on a le droit à une représentation son et lumière de votre pièce de théâtre favorite, *La Colère du Scorpion*. Problème de dosage ?

C'est difficile de vous suivre. Un coup monstre sacré de confiance en vous, un coup petite chose fragile aux longs accès mélodramatiques. Décidément, on ne s'ennuie jamais avec vous, simplement, pas toujours pour les bonnes raisons. Essayez de temporiser vos émotions, toutes ne sont pas bonnes à être partagées à n'importe quel moment. Pour le coup on peut pas tout mettre sur le dos des astres, vous y êtes quand même un petit peu pour quelque chose. En bref, trop d'ego = moins de libido. On vous conseille d'apprendre à savoir ce que vous voulez vraiment, nous, on ne fera pas le boulot à votre place, on a déjà les émotions du signe du Cancer à gérer.

Travail

On vous prend assez souvent pour un tyran demi-dieu qui a oublié qu'il n'était qu'humain. Votre investissement est sans limite et, avec vous, tous les projets sont LE projet de l'année, et vous êtes du genre à inviter le président de la République à l'ouverture de votre sandwicherie gourmets. D'ailleurs, il n'est pas venu, et vous saurez vous en souvenir aux prochaines élections. Tant qu'on en parle, la rancune, c'est vraiment une seconde nature chez vous, et il vaut mieux éviter de vous froisser dans le milieu professionnel. Le Scorpion n'a pas de rivaux, il a des ennemis. Vos collègues de travail se divisent donc en deux camps très distincts pour vous : vos alliés et ceux qu'il faut détruire. Attention toutefois à ne pas devenir mégalo, votre sens de l'excellence est sans pareil, mais vous travaillez avec des êtres humains, pas des pièces d'échecs.

DO'S : Continuez ce que vous faites au boulot parce que, même si vos collègues ne sont pas vos amis et que votre hiérarchie vous craint, vous travaillez avec une excellence inégalable qui vous fait d'ores et déjà percer. Très tourné vers le progrès, vous avez un petit côté savant fou qui ne lâchera rien tant que l'entreprise n'entrera pas au CAC 40. Si vous étiez une institution, par exemple, vous auriez pu être la Bourse de commerce de Chicago, ou une banque suisse, ou Sciences po Paris. Bref, vous seriez à la fois maître d'œuvre et exécutant de l'ordre mondial. Ce succès ne laisse pas indifférent, et à la machine à café en entend des rumeurs à votre sujet : « Elle se drogue pour tenir le rythme, c'est obligé », « C'est clair que lui, il a été recruté au physique », « Il fait partie des Renseignements intérieurs albanais », tout est bon pour trouver une explication à votre incroyable surperformance. On sent que l'année à venir sera, comme l'année précédente, un enchaînement de succès parfois mystérieux mais toujours mérités. On le sait, vous travaillez mille fois plus que la moyenne, that's all.

DON'T'S : Votre talent est incontestable, enfin c'est ce que vous estimez. Gare à celui ou celle qui vous ferait la moindre réflexion, votre système de défense est plus perfectionné que celui des États-Unis. Une seule différence : vous pouvez passer à l'attaque sans provocation digne de ce nom. Votre bombe H à vous, c'est la rancune. Vous pouvez ressortir une querelle de vos années de stagiaire en plein meeting alors que vous vous apprêtiez à être promu. Est-ce bien futé ? Est-ce vraiment à votre niveau ? Ne ressassez ni les affronts ni les échecs, au travail, c'est votre seule faiblesse et la seule chose qui puisse vous faire perdre de vue vos objectifs. Peut-être que Stéphanie n'a pas volé votre agrafeuse mais a simplement oublié de vous la rendre. Est-ce que ça valait vraiment le coup de suggérer son nom à votre patron quand il cherchait qui muter au fin fond de la Creuse ? La mutation de Stéphanie a précipité son divorce, aujourd'hui son mari a la garde exclusive des enfants et sa mère refuse de lui adresser la parole. Quand on vous parlait de dosage, c'était pas pour rire.

Doser, doser, doser, on ne le répétera jamais assez ; votre présence met du piquant au travail, et c'est indispensable, mais attention à ne pas trop forcer sur le piment. Puisque la réussite vous a toujours souri, ne vous laissez pas embarquer dans des plans foireux, voire totalement paranoïaques. On compte sur vous pour redresser la France en 2022, future Présidente.

Santé

ALIMENTATION : 7/10 – BIEN

Le Scorpion mange bien et aime bien manger. Vous êtes un pro pour sélectionner des aliments sains et délicieux. Avec vous la faim justifie les moyens, et gare à celui qui oserait dire que vous en faites trop. Après, c'est peut-être vraiment too much de sortir l'argenterie un dimanche soir pour un plateau télé. Oui, les Scorpion aiment le beau autant qu'ils aiment le bon, ce qui les pousse à s'aventurer dans l'élaboration de recettes exigeantes. Parfois trop. Pas forcément très doué en cuisine, vous avez le mérite de ne rien lâcher. Quand le rôti est couleur charbon, rien ne peut le sauver, donc laissez tomber. Vous pouvez vous faire livrer des bons petits plats sains, alors ne vous prenez pas trop la tête. De toute façon, le budget est purement indicatif pour vous, vous allez d'ailleurs investir pour refaire toute votre batterie de cuisine en 100 % made in France. Ça devrait vous motiver à faire de bons petits plats toute l'année. Par contre, on se calme, vos dîners ne sont pas obligés d'être tous des soirées inoubliables (un cracheur de feu est-il vraiment indispensable pour une soirée barbecue ?).

SPORT : 1/10 – MAUVAIS

Quand on parlait de votre tempérament bosseur et affirmé, on a omis un détail : tout ça n'est pas valable pour le sport. Tyran de l'open space, vous êtes vite victime en cours collectif de Pilates. Pourtant, sur le papier, tout devrait marcher : vous êtes hyperconnecté et adorez scruter les vidéos dédiées au renforcement des fessiers (vous tenez à ce que tout le monde remarque vos fesses). Pour autant, l'action s'arrête à un simple visionnage et n'est jamais transformée en mise en pratique. Incapable d'obéir à un coach qui de toute manière n'aurait jamais dû vous dire que vous devez renforcer votre sangle abdominale (comment ose-t-il ?), vous vous montrez particulièrement froid dans les salles de sport, et on parle même pas des cours collectifs. Vous savez vous organiser et vous remplissez vos objectifs au travail, appliquez la même chose au sport et vous serez inarrêtable. D'autant plus que l'effort physique serait pour vous un excellent moyen d'apaiser votre cerveau suractif, ça lui ferait du bien. Et à nous aussi, parce qu'on voulait pas vous le dire, mais vous êtes parfois tyrannique.

SUIVI MÉDICAL : 10/10 – TRÈS BIEN

Vous êtes pragmatique, et cela s'applique aussi à la médecine. Chez vous, un petit bouton n'est jamais le premier symptôme d'un lupus non diagnostiqué. Vous savez faire la part des choses et à ce niveau-là vous pouvez vous la jouer un petit peu Dr House. Vous êtes capable d'ignorer ce qui mérite de l'être et de poser un autodiagnostic assez fiable (ce qui ne devrait pas vous empêcher d'aller le faire valider par votre médecin). Cette force, vous la tirez de l'écoute que vous avez de votre corps et de votre esprit. Ces derniers ont d'ailleurs une endurance sans pareil dans tout le zodiaque. Attention tout de même, vous n'êtes pas une mule et n'avez pas à tout endurer sans répit. Ménagez-vous quelques respirations pour éviter le surmenage physique ou intellectuel, qui sont, au final, votre seul point faible. Eh oui, vous pouvez vous prendre pour un héros grec, mais n'oubliez pas que même Achille avait une faiblesse au talon, alors prenez rendez-vous chez un podologue au lieu de dire que « ça va, c'est juste de la douleur ».

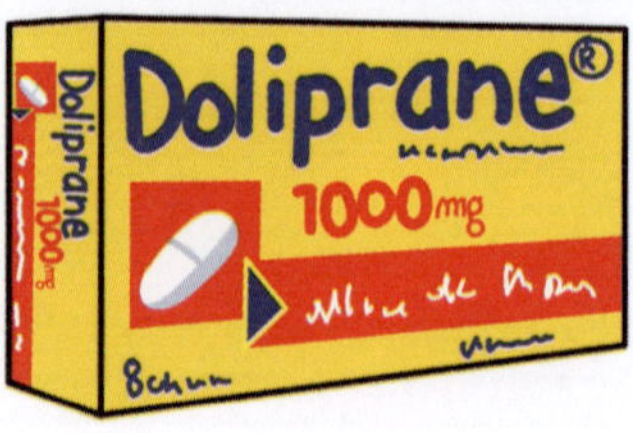

Amitié / Famille

TAUX DE SOCIABILITÉ : 90 % – *LOST IN TRANSLATION*

Vos yeux disent : « Mais c'est qui celle-là ? » et votre cœur pense : « Oh la la, que sa robe est jolie, je devrais peut-être me faire la même coupe qu'elle. » Rien à dire, vous avez l'air glacial, pour ne pas dire totalement inaccessible de prime abord. Vous jouez d'ailleurs souvent le rôle de l'iceberg avec la soirée en question dans le rôle du *Titanic* : vous savez jeter un froid en toutes circonstances. Mais si vous avez l'air distant et que vous pouvez parfois vous montrer soupe au lait, vous n'en restez pas moins un ami extrêmement fidèle et investi. Suffit de réussir à ouvrir votre coquille et de s'équiper d'un traducteur universel qui nous explique votre étrange fonctionnement. Car oui, la plupart des gens n'engueulent pas leurs amis pour leur montrer leur affection. Mais quand on vous connaît, on sait que ça part d'un bon sentiment, et on vous en veut pas. Si on peut se permettre un petit conseil, c'est de vous mettre à la place de l'autre de temps en temps. Vous êtes hyper facile à vexer (souvenez-vous de cette fois où on vous a demandé si votre veste était une imitation alors que vous aviez fait l'effort de laisser l'étiquette dépasser du col), alors essayez de ne pas toujours vous montrer vexant. Écoutez-vous parler, non, dire : « T'aurais pas un peu pris du bide ? » ou : « Dis- donc, t'as les joues vachement creusées » : ce n'est pas une « simple constatation d'une réalité à laquelle nous faisons tous face », c'est juste désagréable. Pas besoin de souligner tous les changements qui s'opèrent autour de vous, apprenez à prendre des pincettes pour ne pas vous montrer trop piquant.

TAUX D'INVESTISSEMENT FAMILIAL : 25 %

On ne vous verra pas vraiment prendre soin de votre « pseudo-famille », comme vous aimez si bien la nommer. De toute façon, avec les Scorpion, c'est « qui m'aime me suive, sinon ça dégage ». Là où on pourrait vous le reprocher, c'est dans votre idée un peu fataliste selon laquelle personne ne vous a aidé, donc vous ne devez rien à personne. Parfois, vos proches n'ont pas forcément le temps ou les moyens de mettre une pierre à votre édifice. Ne soyez pas si dur avec eux, d'autant plus que, comme vous faites toujours bonne figure, on ne sait pas forcément que vous avez besoin d'aide. Le Scorpion est assez proche de l'éléphant à ce niveau-là : il n'oublie jamais. Par contre, ce qu'il n'oublie pas, c'est SA version de l'histoire. Alors n'hésitez pas à confronter votre ressenti aux autres : parler n'est pas forcément admettre une faiblesse. Si vous dites à tous vos cousins qu'ils n'ont pas à s'embêter à venir vous aider pour le déménagement, que vous gérez tout, ne vous étonnez pas de vous retrouver à descendre une machine tout seul depuis le cinquième étage. Ce post « La famille, c'est vraiment plus ce que c'était, peux vraiment compter que sur soi-même dans ce monde de loups » était-il vraiment nécessaire ? On insiste : était-il en plus nécessaire de taguer vos vingt-cinq cousins ?

Mails professionnels entre Sagittaire et Vierge

Madame,

Votre candidature est retenue pour le poste de chef de projet touristique sur le secteur Landes.

Nous vous félicitons pour votre étude sur l'installation d'arbres connectés en forêt.

Veuillez nous faire parvenir les documents demandés via notre lettre postale envoyée il y a cinq jours.

Cordialement,

Sylvie Breau – Responsable RH

Mais non ?!

Bonjour, Madame, je suis trop contente, vous savez, mon grand-père était originaire de Biscarrosse avant qu'il ne rencontre Marie, ma grand-mère. C'est pour ça que je connais la région, j'y allais petite. En réalité, il ne s'est pas marié avec elle parce qu'elle vivait en banlieue parisienne, et donc compliqué à l'époque de se voir, vous savez ce que c'est la distance. Mais ils ont eu un enfant jeune (ma mère).

Les documents, oui, faut-il les envoyer par mail ou par lettre postale ?

Je suis trop contente !

Bises,

Clara Juan – Votre nouvelle recrue

Madame,

Les documents sont à retourner par mail sur votre espace professionnel dont les liens vous ont été envoyés le jour de votre présentation projet.

Je vous rappelle que vos histoires personnelles ne doivent pas sortir du cadre privé.

Cordialement,

Sylvie Breau - Responsable RH

Bonjour, Sylvie, comment allez-vous ?

Je n'avais même pas vu pour l'espace professionnel. Super plateforme, c'est très pratique. Parce que c'est vrai qu'imprimer chaque document reste compliqué, mon imprimeur est d'ailleurs en faillite. Je pense qu'il est surtout parti dans le Sud pour changer de voie. Il parlait de devenir restaurateur, c'est un Italien. J'aimerais beaucoup visiter l'Italie, vous connaissez ?

Je m'en occupe en tout cas.

Bises,

P-S : Ça m'a vraiment donné envie de gnocchis.

Clara Juan - Votre nouvelle recrue

Madame Juan,

Nous attendons les documents, bonne journée.

Cordialement,

Sylvie Breau - Responsable RH

Sagittaire

L'âme charitable, l'âme pure, mais est-ce bien obligatoire de faire une dissertation de trois heures trente pour répondre quand on vous demande si tout va bien ? Tous les détails ne sont pas essentiels.

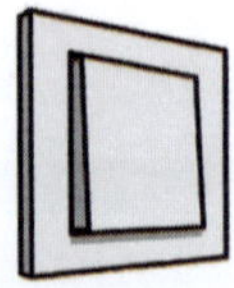

Débrouillard
Solidaire
Empathique

Bavard
Lent
Possessif

Amour / Sexo

Devrions-nous vous féliciter pour votre capacité à tout gérer, en couple comme célibataire ? Oui, bravo. Vous êtes toujours là, fidèle au poste. Parfois trop. Vous êtes un peu le seul signe du zodiaque capable de passer une nuit blanche pour regarder l'autre dormir : « Tu es tellement belle quand tu te reposes, tu es vraiment en paix. » Vous êtes également le seul à être surpris quand on vous dit que c'est super chelou. Tout observer et analyser n'est pas toujours une bonne chose. Surtout quand, comme vous, on a une imagination extrêmement riche et incontrôlée. Non, elle ne vous a pas tourné le dos pendant la nuit parce qu'elle veut vous quitter, elle s'est juste retournée. Ne profiteriez-vous pas plus de l'autre en arrêtant d'étudier ses moindres faits et gestes pour savourer le moment présent ?

VOS POINTS FORTS : On peut toujours faire confiance au Sagittaire pour faire le taf. Vous vous souvenez toujours des dates d'anniversaire, vous avez prévu le cadeau parfait de Saint-Valentin, et vous avez même réussi à vous mettre belle-maman dans la poche. Et ça, franchement, ça force le respect. Vos petites analyses quasi scientifiques de l'être aimé vous permettent de réussir à vous rendre indispensable – contrairement aux Scorpion, qui ont plutôt tendance à faire peur. Rien à dire, on embarque facilement à bord de Sagittaire Airlines, destination Amour. Pour les célibataires, pas d'inquiétude, votre empathie naturelle vous permettra encore de comprendre l'autre et ses sentiments, ce qui mine de rien n'est pas si commun. Là où la Vierge passe des heures avec ses amies à décrypter pourquoi il a mis un point après son « OK » dans son dernier texto, vous, vous avez parfaitement compris qu'il a mis un point parce que, clairement, il est stressé par son entretien d'embauche et que votre soutien peut parfois se montrer étouffant.

En bref, vous lui trouvez toujours une excuse. Ce qui nous amène à votre petit, mini, mais pas si négligeable que ça, défaut.

VOS POINTS FAIBLES : Non, il n'a pas oublié votre anniversaire pour vous surprendre plus l'année prochaine. Elle n'a pas non plus refusé trois fois d'affilée de déjeuner avec vos parents pour épargner à votre père d'allumer le barbecue en hiver. Parfois, l'explication la plus simple est la bonne : il ne vous porte pas assez d'intérêt, et clairement elle a peur de l'engagement. Pas la peine d'aller chercher midi à 14 heures. D'autant plus que vous le savez parfaitement, car la petite voix dans votre tête n'arrête pas de vous le répéter. Alors cessez de la faire taire pour lui repasser le Powerpoint « Mon partenaire : sa vie, ses traumas, notre amour ». Ça explique, mais ça n'excuse pas tout. Pour le Sagittaire, l'amour est une entreprise, dont il est clairement le P-DG. Vous étudiez attentivement le bilan annuel pour mettre en place votre plan d'action pour l'année à venir. Au programme : fusion et acquisition. Mais cette politique presque agressive d'expansion amoureuse risque de vous faire perdre de vue les joies les plus simples de l'amour. Chaque moment passé avec l'autre n'est pas censé être une séance de psychanalyse, surtout que ça vous fait bosser gratos. Pour info, on vous rappelle que la plupart d'entre vous n'ont pas les diplômes requis.

L'amour n'a pas de TVA, de plan stratégique, et n'est pas encore coté en Bourse (en tout cas, pas qu'on sache), donc calmez vos ardeurs sur la planification du Q1 de l'année prochaine. Ce sont des détails qui vous font perdre de vue le plan d'ensemble, et ça, c'est quand même le comble pour un signe qui se veut planificateur. Bah ouais, du coup, à trop analyser des mini-détails, vous pouvez vous faire bouffer par l'autre sans même vous en rendre compte. C'est insupportable qu'il soit fumeur, par contre, aucun souci avec le fait qu'il vous laisse sur « vu » pendant quatre jours, et qu'il vous présente à ses potes comme « la meuf dont j't'ai parlé, là, tu sais ». Notre conseil : arrêtez de trouver des excuses à tout-va. Quand ça ne va pas, ça ne va pas. Il faut apprendre à l'accepter et ne pas tout subir en attendant des jours meilleurs. C'est cliché mais c'est vrai : parfois être seul vaut mieux qu'être mal accompagné. Vous confondez trop célibat et chômage ; quitter quelqu'un qui ne vous traite pas comme vous le méritez ne vous empêchera pas de payer votre crédit. On se détend, une rupture n'est pas un dépôt de bilan, y a quand même moins de paperasse.

Autant vous avez du mal à ne pas être hyper professionnel dans vos sentiments, autant au lit, tout n'est que plaisir et libération. Jusqu'à ce que. Jusqu'à ce que quoi ? Jusqu'à ce que vous redeveniez super cérébral... Décidément, on ne vous change pas ! Utilisez cette surintellectualisation pour faire monter la tension sexuelle plutôt que pour interpréter ses moindres faits et gestes.

VOS POINTS FORTS : Vous apportez à toutes les formes de jeux charnels une dimension complètement irréfléchie que vos partenaires adorent. Un côté « personne super sexy qui rigole en plein câlin sans grande raison » et un autre « personne dévouée qui aime le partage », voilà comment on résumerait votre vie sexuelle. On note que vos moments hot ont été rares mais emprunts de parfums envoûtants (en gros, des trucs archi intenses, mais pas souvent, quoi). La qualité étant de toute façon bien plus importante que la quantité selon vous, vous préférez sélectionner vos partenaires avec le plus grand soin. Contrairement au Taureau, les gens ne sont pas interchangeables pour vous, et vous cherchez également une vraie connexion, pas juste une belle viande. Bref, on s'attend à une réelle constance dans les plaisirs du corps avec vous qui savez toujours faire du quotidien un moment exceptionnel.

VOS POINTS FAIBLES : Au cas où vous ne l'auriez pas encore compris, le Sagittaire est cérébral. Ça veut dire que vous pouvez prendre beaucoup de plaisir à deux, mais également que l'interrupteur « jugement et condamnation » peut être activé à n'importe quel moment. Si vous tombez sur son historique de navigation, ne commencez pas à analyser et surdétailler les films coquins qu'il ou elle a regardés. Vous pouvez reposer la liste que vous venez de dresser sur ses envies dont votre partenaire n'ose pas vous parler. Ce n'est pas parce qu'il a vu un porno en plein air qu'il veut forcément faire l'amour sur le parking du Leader Price. Vous pensez parfois trop avoir tout compris. Entre nous, s'il ferme les yeux, ce n'est pas forcément parce qu'il pense à quelqu'un d'autre, et encore moins à Natasha, la star du film

Marche arrière sur le parking du Leclerc que vous avez surpris dans son historique. Alors ne sortez pas spontanément sa réplique culte : « Oh la la, vous m'avez tamponné tout l'arrière, je ne sais pas si je suis couverte par mon assurance. »

Vous n'avez pas à être habillé en infirmière sexy pour prendre la température avec subtilité. Analyser, c'est bien, parler, c'est mieux. N'essayez pas forcément d'anticiper tous ses désirs, mais discutez-en. Cette année, pour les célibataires, une belle rencontre vous permettra de fomenter à deux un coup d'État contre votre cerveau dictateur. Une fois destitué, il vous laissera devenir la bombe de sensualité que vous avez toujours été au fond de vous. Pour les gens en couple, point d'espoir, il est déjà trop tard. Mais non, on plaisante, on essaie juste de vous faire réagir.

Travail

La confiance règne et régnera toujours, pas vrai ? Oui, on sait que c'est une façade mais votre posture assurée vous donne un charisme oufissime. D'autant plus que votre débrouillardise vous permet de vous sortir de toutes les situations, même les plus épineuses, avec une remarquable facilité. Attention à ne pas vous reposer sur vos lauriers, vous pourriez finir au placard plutôt qu'avec un César.

DO'S : Dans l'Antiquité romaine, le Sagittaire serait rapidement devenu un politicien adulé. Votre description est simple : vous êtes loyal et malin. Deux qualités qui sont toujours appréciées au travail, car elles font de vous le collègue astucieux qui sait se sortir de toutes les situations les plus improbables, tout en réussissant l'exploit de ne jamais marcher sur les plates-bandes de ses coworkers. Au final, si ça jase à la machine à café, c'est rarement sur vous. Et si vous n'avez pas encore été auréolé de gloire, c'est peut-être parce que vous n'avez jamais lâché prise sur vos principes pour quoi que ce soit. C'est aussi pour ça que votre collègue Capricorne gagne deux fois votre salaire. On vous l'a déjà dit, vous êtes très débrouillard, et cette qualité se montrera indispensable cette année. En effet, vous n'allez avoir d'autre choix que de sortir de votre zone de confort. Ce n'est pas la première fois, mais on va dire que c'est pas trop votre truc. C'est peut-être l'occasion de vous mettre à une langue étrangère – « *Yes, yes, I understand* », ça ne suffit plus en 2021. Gare à ne pas vous recroqueviller dans votre coquille, les obstacles cachent toujours les plus belles vues.

DON'T'S : On peut dire une chose sur le Sagittaire, c'est que quand il a une idée en tête, il ne l'a pas dans le c… hapeau. Manque de bol pour vous, votre idée, c'est que vous êtes un imposteur dans votre travail, et que tout le monde va s'en rendre compte à un moment. Peu importent vos excellents résultats, vous ne vous sentez pas à la hauteur et pensez que tout le monde peut voir vos lacunes que vous jugez énormes. Soyez rassuré, si Patricia passe l'après-midi à se vernir les ongles, ce n'est pas forcément parce qu'elle a terminé tous ses dossiers avant vous. Cette année, deux options s'ouvrent à vous : continuer à ne pas vous sentir légitime et entasser les missions peu intéressantes jusqu'à être débordé, ou vous affirmer et vous lancer dans des projets innovants qui parviendront peut-être à vous convaincre qu'au final vous n'êtes pas si mauvais dans votre travail.

Vous êtes trop souvent noyé dans la masse, on voudrait vous voir au sommet. Inspirez-vous de l'audace des Lion et de la détermination des Bélier pour foncer dans le tas ! Pas littéralement, Gérard et sa prothèse de hanche ne le supporteraient pas. Lancez-vous dans de nouveaux projets. C'est ce pari fou qui vous fera grandir dans votre profession, alors mesurez le risque, mais ne l'évitez pas à tout prix.

Santé

ALIMENTATION : 6/10 – BEL EFFORT

Il y a deux types de Sagittaire que la science des hautes zodiaqueries a pu mettre en lumière : les Sagittaire ultra bio et les Sagittaire ultra « Tout ça c'est du marketing ». Dans les deux cas, tous regardent la composition et la provenance de leurs produits, bravo. Une alimentation réfléchie et engagée, on adore. Enfin, l'intention est bonne, l'exécution, elle, n'est pas encore au point. On les voit, ces poireaux bio kilomètre zéro qui attendent dans ce que vous nommez affectueusement le bac à bière. En attendant, les gnocchis au fromage trouvent un peu trop souvent le chemin de votre assiette. Ne vous étonnez pas après d'avoir un sommeil perturbé et des rêves super chelou. Forcément, le combo couché tard + alimentation trop grasse, trop sucrée, trop salée est gagnant pour passer une mauvaise nuit. Ne vous privez pas, mais quand les petits plaisirs restent occasionnels, ça les rend encore plus spéciaux. Pourquoi ne pas tenter de les cuisiner vous-même cette année ?

SPORT : 5/10 – MÉDIOCRE

Vous connaissez les chaînes YouTube de Chloe Ting et JujuFitcats mais vous avez tendance à les suivre par pur divertissement visuel. Votre manque de détermination vous culpabilise, et c'est pourquoi vous passez bien trop de temps à admirer la forme physique des autres au lieu de mettre en pratique vos résolutions. Pensez à un sport doux qui passe d'abord par la conscience. Vous ne devez ressembler à personne, si ce n'est à vous-même. Pourquoi pas commencer une pratique qui vous permettra de vous libérer l'esprit ? Pourquoi ne pas vous mettre au vélo pour découvrir de nouveaux paysages ? (Et un joggeur sexy au passage.)

SUIVI MÉDICAL : 10/10 – EXCELLENT

Vos automédications sont excellentes et toujours raisonnables. Cette année, on compte sur vous pour empêcher vos proches de fumer, vous savez persuader n'importe qui de partir à l'autre bout du monde, donc ça devrait être un jeu d'enfant. En plus, vous avez toujours le nom d'un super médecin qui est super, qui travaille dans un endroit super et qui est d'ailleurs super canon. N'hésitez-pas à nous le transmettre.

Amitié / Famille

TAUX DE SOCIABILITÉ : 99 %

En prenant le temps d'analyser votre passé, je note beaucoup de partage, de moments hyper chaleureux, d'embrassades, d'apéros, je vois tout ce qui peut s'apparenter à une vie sociale réconfortante. Vos amis sont le moteur de votre vie, mais n'oubliez pas que c'est vous le carburant essentiel qui fait avancer le bolide. Toujours positif, vous savez comment maintenir le bon cap d'une conversation et l'empêcher de dégénérer, même après quelques verres de trop. Cette capacité fait de vous un excellent confident et une personne de très bon conseil. Vous êtes d'ailleurs doté d'un vrai sens de la persuasion, et peu de gens vous résistent. Utilisez ce pouvoir à bon escient, et pas pour convaincre votre amie Charlotte de se couper la frange elle-même. Un avertissement cependant : vous n'êtes pas une association caritative. Vous adorez vous sentir indispensable, mais si vous tombez sur quelqu'un qui abuse, vous risquez de passer un très mauvais moment. Cette année, nous vous conseillons de faire le tri dans vos amis et de vous montrer plus sélectif. Car il est vrai que vous pouvez parfois vous montrer trop naïf en trouvant trop d'excuses aux gens. Non, vous n'avez pas à faire preuve de maturité quand votre soi-disant meilleure amie vous pique votre crush. Elle a certes le droit à l'amour, mais vous avez le droit au respect. Heureusement, ce n'est pas une situation qui se présente souvent, et vous êtes dans l'ensemble très bien entouré et n'hésitez pas à mélanger vos groupes de potes pour créer de nouvelles relations. Un petit conseil glissé comme ça l'air de rien : si en fin d'année une rencontre folklorique au détour d'une soirée improvisée vous paraît douteuse, c'est qu'elle l'est.

TAUX D'INVESTISSEMENT FAMILIAL : 30 %

Depuis que vous avez appris à exprimer vos émotions autrement qu'en jetant vos jouets, vous avez aussi appris à cerner celles des autres. Et c'est pas jojo, parce que du coup vous voyez parfaitement que votre sœur est toujours jalouse de vous et que votre oncle Barnabé est un gros hypocrite. Pour vous, c'est simple, la famille, ça se construit et se déconstruit en permanence. Vous considérez ainsi les gens les plus proches de vous comme votre vraie famille, et cette dernière mélange le sang et les amitiés dans un melting-pot détonnant. Votre mère a d'ailleurs fini par considérer vos meilleurs amis comme des enfants par procuration dont elle s'occupe parfois même plus que de vous. Mais ça vous va car le Sagittaire n'est pas jaloux. En famille, le Sagittaire est prévenant et fédérateur. Jusqu'à un certain point, qui varie extrêmement selon les personnes. Ainsi, si votre tante favorite peut vous dire sans souci que clairement vous avez plus de front que de cheveux, vous n'accepterez pas que votre mère resale votre blanquette et n'hésiterez pas à ne plus lui adresser la parole pendant des semaines. Le silence est d'ailleurs votre technique favorite pour régler les conflits. Toutefois, là où le Scorpion coupe les ponts sans un regard en arrière, le Sagittaire assurera toujours le service minimum mariages-cousinades-enterrements avec un joli sourire, même s'il n'est que de façade. Notre conseil : mettez de l'eau dans votre vin, même si c'est sacrilège de mettre de l'eau dans un bourgogne AOP bio. Il faut avouer que vous avez tendance à vous concentrer sur le négatif et à en vouloir à des gens qui, au final, ne veulent que votre bien. Si vous notez toutes les vexations, essayez aussi de vous souvenir de temps en temps des bons moments. Ça vous aidera peut-être à voir sous un nouvel angle le schéma familial qui vous entoure, car souvent la peur de reproduire les mêmes erreurs vous empêche de fonder votre propre famille.

Les teams scolaires

La team « bavardages intempestifs » : Poissons/Cancer

Renvoyée de trois établissements, c'est la team qui a le plus de mal à se concentrer en classe. Mme Delatour, professeure de français, a rapporté à l'académie : « Je ne supporte plus cette cacophonie de sons stridents qui émane des Poissons et des Cancer. Ensemble, c'est pire, ils jacassent comme des ovipares de basse-cour et perturbent la classe. » Bilan : plus aucun établissement n'accepte de vous laisser à proximité les uns des autres. Pensez à vous inscrire à un cours de travaux manuels (type poterie) où votre créativité s'exprimera autant que vous.

La team « génies trop compris » : Scorpion/Vierge

Très participatifs et particulièrement scolaires, vous êtes les élèves qu'on adore mettre en duo de TPE. C'est la team qui se sent bien trop à l'aise et qui remet en question le savoir des professeurs. Mme Lopez, professeure d'espagnol, a rapporté à l'académie : « *Madre de Dios*, je ne supporte pas qu'ils se permettent de corriger ma prononciation car ils trouvent mon accent "trop madrilène". » Bilan : les élèves vous détestent, les professeurs vous détestent, vous êtes seuls. N'hésitez pas à monter un journal du lycée afin de partager votre savoir librement.

La team « rebelles sans raison » : Verseau/Bélier

En colère contre le système, le programme, l'Éducation nationale, les plats carnés, le gaspillage alimentaire observé à la cantine… contre tout, en fait. On a peur de vous faire la moindre remarque. M. Li, professeur d'histoire, a rapporté à l'académie : « Suite à leur coup d'État qui a transformé ma salle de classe en démocratie participative, tous les contrôles de l'année ont été supprimés. Je ne sais plus quoi faire. » Bilan : non seulement vous tyrannisez vos professeurs, mais en plus ça n'aide pas à vous détendre. Fort heureusement, Mme Lecoq-Sportif, en EPS, vous a pris sous son aile pour une initiation au kick-boxing, voilà qui devrait vous aider à évacuer.

La team « stars de pacotille » : Lion/Sagittaire

Cette team part du principe que la popularité et la réussite vont de pair. Prêt à tout mais surtout à n'importe quoi pour acquérir un statut de stars, Lion et Sagittaire en sont devenus des caricatures d'eux-mêmes, si bien que Mme Jules, professeure de SVT, a rapporté à l'académie : « Ces espèces de mammifères-là se prennent pour des célébrités dans la chaîne alimentaire ; les becs Bunsen ne sont pas là pour servir d'éclairage à selfies. » Bilan : on ne vous accepte dans aucun groupe de travail par peur de vous voir exécuter une choré TikTok en plein exposé. Par chance, M. Brighton, professeur d'anglais, a détecté votre accent hors pair, très Kardashian.

La team « justiciers bancals » : Balance/Capricorne

Habitée par une mission connue d'elle seule, cette team est du genre à interrompre un cours car Dimitri n'a pas rendu sa gomme à Chloé et que, quand même, c'est une gomme avec le bout bleu qui enlève le stylo. Mlle Sanogo, professeur de technologie, a rapporté à l'académie : « Chaque fois que je rends les notes, je suis obligée de passer un interrogatoire ; ils tiennent absolument à s'assurer que mon barème prend en compte l'état psychologique et l'environnement familial de mes élèves. C'est gentil de leur part, mais c'est un peu relou. » Bilan : vous êtes appréciés, mais vous finissez par jouer les assistantes sociales malgré vous. Bonne nouvelle, Mme Jasmi, la CPE, a besoin d'un stagiaire de 3ᵉ, c'est le moment pour vous de vous épanouir en aidant à régler les conflits du quotidien.

La drama team Gémeaux/Taureau

Maîtres absolus de l'information, vous savez tout sur tout le monde. Qui est en couple, qui a trompé qui, qui a acheté ses chaussures en soldes et qui les a payées plein pot, qui n'a pas été invité à la soirée de Ludivine et pourquoi. M. Gilget, directeur d'établissement, a rapporté à l'académie : « Ils me font peur, ils ont annoncé à toute l'école que j'allais divorcer avant même que je reçoive la lettre de l'avocat envoyée par ma femme… enfin, par mon ex-femme… » Bilan : entre potins et ragots, la ligne est fine, attention à ne pas la franchir, l'école n'est pas une télé-réalité. Dieu merci, Mlle Silva Da Cunha vous a proposé d'intégrer la troupe de théâtre. Si vous réussissez à laisser la dramaturgie sur scène et pas en coulisses, vous vous épanouirez sous les projecteurs.

Capricorne

SCÈNE DE CRIME
SCÈNE DE CRIME
SCÈNE DE CRIME
CRIME
IME
SCÈNE DE CR
SCÈNE DE CI
MOYEN-ÂGE
EGYPTE
EGYPTE
PRÉHISTOIRE
MONARCHIE ABSOLUE
ROME ANTIQUE

Un esprit sain dans un corps sain, une force d'esprit dans un corps fort, un envahisseur qui prend trop de place et qui ne s'en rend même pas compte aussi.

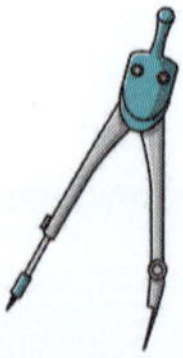

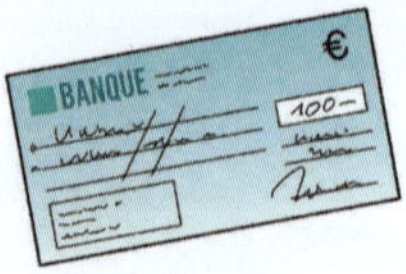

Assidu
Modeste
Fort -> soutien moral, force d'esprit

Envahissant
Sceptique
Têtu

Amour / Sexe

En amour, et dans à peu près tous les autres domaines en réalité, les Capricorne sont des personnes très fortes. Par force, on n'entend pas le côté têtu du Bélier (quoique), mais plus la force tranquille. Vous êtes un adepte des relations stables et la stabilité tient pour vous à une seule condition : que vous ayez encore et toujours le dernier mot. Pour vous, l'amour est une équation sans inconnue. Le Capricorne est un signe de terre et en amour vous pouvez facilement vous montrer terre à terre. Par contre, pensez bien à partager les termes de vos recherches mathématiques histoire d'éviter les déconvenues. « Bah oui, on se marie l'année prochaine, ça fait deux ans qu'on est ensemble, c'est logique non ? » Bah non, c'est pas logique pour tout le monde, alors il faut communiquer. Heureusement, vous savez être à l'écoute, vous vous montrez constructif et avez une modestie innée qui vous permet d'éviter la fierté mal placée en amour (on vous voit, les Lion). Un Capricorne est bel et bien un être dont l'analyse du cœur demande de longues études. Nous ne les avons absolument pas faites, mais on s'est bien éclatés à observer chacune de vos relations ou tentatives, et le moins que l'on puisse dire, c'est qu'on a eu de la matière.

VOS POINTS FORTS : Le Capricorne brille par son intelligence, et c'est d'ailleurs le critère principal que vous avez quand vous recherchez l'être aimé. Et une fois que vous avez trouvé la cible idéale, c'est grâce à votre détermination sans faille que vous parvenez généralement à transformer l'essai. Votre esprit brillant vous permet de manier l'humour avec une précision chirurgicale. Vous êtes un peu le seul à tirer un éclat de rire général en faisant un éloge funèbre. Bref, toutes les manettes sont à fond sur le charme. Là où vous différez des autres signes de terre, comme ces Casanova de Taureau, c'est que si vous êtes séduisant, l'apparence physique n'est vraiment pour vous qu'un détail au final assez peu pertinent. Célibataire, vous avez une facilité à lancer des conversations faciles à suivre, mais qui vous permettent de récupérer des informations en vue de remplir le dossier que vous préparez pour débriefer votre date. Si vous transformez l'essai sur une relation, celle-ci sera généralement basée sur des échanges sincères et profonds. Et surtout, intello, il vous faut une relation stimulante qui va vous permettre de repousser vos limites. C'est un peu votre genre de vous retrouver à écrire votre premier livre, *Chasseur d'éclairs : décidez vous-même quand le coup de foudre opère*, parce que clairement vous avez la méthode infaillible pour trouver l'amour sincère. Dévoué et assidu, le Capricorne donne 120 % de lui-même en amour. C'est un tout petit peu excessif. On va le dire simplement : vous prenez parfois trop de place.

VOS POINTS FAIBLES : Vous prenez donc trop de place (au cas où vous ne l'auriez pas encore intégré, on le répète). Quand on dit trop de place, on ne parle pas du lit, mais plus de votre tendance à débarquer par surprise au bureau de votre date de la veille pour un petit déjeuner surprise en amoureux. Attention, contrairement à ce que les comédies romantiques nous ont enseigné, la ligne entre romantique et creepy est très fine. Vous avez un besoin d'amour très fort qui peut parfois sembler un poil trop intense à vos partenaires. On en a vu plus d'un faire semblant de dormir après un « je t'aime » inopiné au troisième rendez-vous. Et vous prenez aussi de la place littéralement : c'est une salle de bains, pas un plateau de Risk, laissez un tout petit peu de place à l'autre, ne serait-ce que pour une brosse à dents. Célibataire, vous ne connaissez pas la demi-mesure. On vous voit bien après tous vos premiers rendez-vous : un petit texto une fois rentré chez soi, c'est mignon comme tout, mais une quinzaine de messages de trente lignes, c'est vraiment too much. Ça part d'un super sentiment, mais cette année nous vous recommandons d'y mettre un petit peu de mesure pour ne pas faire paniquer votre crush. Pas la peine de la jouer écorché vif non plus en racontant les détails de votre enfance brisée par une mère indigne (c'est bon, il s'est écoulé vingt ans depuis qu'elle a oublié votre doudou à la plage, de l'eau a coulé sous les ponts, alors laissez couler vous aussi).

Ah bah tiens, on avait oublié un défaut. Enfin, défaut, pour vous, c'est une qualité : vous êtes entier. Ça veut effectivement dire que vous ne vous laissez pas influencer par des ragots, par contre ça veut aussi dire que vous ne faites rien dans la demi-mesure. On va vous la faire simple : le compromis, c'est pas votre truc, et la demi-mesure non plus. Après tout, vous avez longuement étudié le problème pour y trouver la solution adéquate, alors si vous avez décidé que les rideaux seraient bleus, il n'y a aucune raison pour demander l'avis de votre partenaire. De toute manière, il n'y a pas réfléchi, et s'il dit rouge, c'est clairement qu'il a rien compris. Attention, toutefois, si le Capricorne a souvent gain de cause, il est également incapable de compromis lorsqu'il cède. Du coup, c'est comme ça que vous pouvez vous retrouver avec belle-maman qui vit à temps plein chez vous après un simple « j'aimerais voir ma maman plus souvent » de votre conjoint. Heureusement, vous avez un pragmatisme qui, s'il peut parfois sembler un peu terre à terre, forme une base extrêmement solide pour votre couple. Là aussi, votre côté entier vous aide : généralement, tant que le Capricorne aime, le couple marche. Ce grand pouvoir vous donne l'impression d'être responsable de tout, et de tout le monde, mais cette année, cela pourrait vous jouer des tours. Gare à l'orage, vous ne pouvez pas gérer les émotions des autres à leur place, d'ailleurs, ils ne vous l'ont jamais demandé.

Côté sexo, le Capricorne n'est pas plus simple. Il vous faut tout et son contraire : une routine stable et bien huilée, mais également des surprises. Votre grande force, c'est de ne jamais hésiter à faire le premier pas. Ou même le deuxième, d'ailleurs. Stratège à la ville, vous l'êtes également au lit : c'est simple, vous avez établi un plan clair des objectifs à atteindre pour le second semestre de l'année. Pour autant, vous n'êtes pas totalement terre à terre, le Capricorne a cette force : il aime la surprise. Par surprise, on entend évidemment un événement inhabituel dans un milieu contrôlé. En bref, pour vous surprendre, il faut que votre partenaire fasse exactement ce que vous lui dites au moment où vous l'avez prévu et dans les conditions préétablies. Les autres signes du zodiaque nous diraient que ça n'a rien d'une surprise, mais le Capricorne répondra sans hésitation que, au moins, c'est une bonne surprise. Expert des relations longues, le Capricorne ne multiplie pas les conquêtes, et s'il peut se montrer un petit peu directif, ce n'est pas pour autant un dictateur, il a juste l'habitude de prendre les choses en main.

VOS POINTS FORTS : Vous voyez la petite pause gênée, le petit moment de blanc au lit ? Eh bien avec le Capricorne, ça n'existe pas. Vous savez toujours doser parfaitement amour et humour pour que même les situations gênantes ne tuent pas le romantisme (si votre partenaire se casse la figure pendant l'acte, vous le rejoignez au sol pour un moment bestial). Bref, vous savez mettre à l'aise, et ça, c'est pas donné à tout le monde (on vous regarde, les Vierge). Vous n'êtes pas un grand Casanova qui multiplie les aventures d'un soir, mais quand une personne vous plaît, vous vous donnez à fond pour la séduire et pour maintenir son intérêt en éveil. Avec vous on ne s'ennuie jamais ! On pressent en fin d'année un appétit immense pour les moments torrides loin des sentiers battus (prévoyez une couverture si vous souhaitez faire ça en forêt, les pommes de pin, ça pique). En somme, le Capricorne est leader en amour, mais cette habitude de diriger peut vite se transformer en manipulation sans qu'il ne s'en rende compte.

VOS POINTS FAIBLES : Si le sexe était une émission de télé, c'est le Capricorne qui aurait la télécommande, et qui refuserait de la passer. C'est pas tant que vous êtes têtu, c'est plutôt que vous pensez mieux savoir que tout le monde. Vous avez bien réfléchi au sujet, aux attentes de votre partenaire, et vous êtes persuadé d'avoir trouvé la formule magique. Ça vous donne une très grande confiance en vous, mais ça peut aussi vous rendre oppressant : c'est pas que vous êtes du genre à ne pas écouter l'autre, c'est plus que vous lui expliquez ce qu'il veut au fond de lui. Et par pitié, ne vous lancez pas dans des analyses psychologiques de comptoir. Ce n'est pas parce qu'elle vous a demandé une fessée qu'elle a un véritable trouble dans sa relation avec son père. Réfléchir, c'est votre grande force, mais il y a des moments où ce n'est vraiment (on insiste sur le vraiment) pas le moment.

Brillant stratège malgré lui, le Capricorne arrive généralement à ses fins. Toutefois, parfois ça peut en devenir un peu froid, voire faire peur ! Alors notre conseil pour l'année à venir (et toutes les suivantes), c'est de parler.

On vous arrête tout de suite, on ne vous demande pas d'expliquer à votre partenaire ses désirs profonds et leurs liens avec ses traumatismes d'enfance. On vous demande de discuter tranquillement de ce qui vous fait envie à tous les deux et de prendre en compte son avis. Vous verrez, c'est quand même vachement plus agréable de ne pas se sentir responsable de tout, tout le temps. De toute manière, vous ne pouvez pas vous la jouer solo au lit sans finir par vous retrouver tout seul.

Travail

Inutile de rappeler que votre sérieux et votre assiduité font de vous une certaine figure de référence au boulot. En moyenne, on estime que 99 % des Capricorne finissent là où ils le souhaitent mais n'en sont pas pour autant satisfaits et restent sceptiques sur à peu près tout. C'est dommage, car non seulement vous bossez bien, mais en plus tout le monde le voit et vous en félicite. Pourtant ça ne vous suffit pas. Oui, c'est hyper chiant pour votre entourage professionnel, et encore plus pour votre moitié. Car quand le Capricorne rentre chez lui après une bonne journée de service, il dit : « Je t'arrête tout de suite, oui, j'ai eu la promotion que je voulais, mais j'en veux une autre maintenant, alors range le champagne. » Satisfaire votre boss, votre moitié ou vos clients, c'est bien, mais au final le seul patron que vous n'arrivez jamais à combler, c'est vous-même. D'ailleurs, votre dernier super succès a fait de vous la star du moment, mais même ça ne vous suffit pas, et vous avez choisi en conséquence de ne plus rien apprécier pour les mois à venir. Super, quelle positivité, les amis.

DO'S : Vous êtes une personne que l'on dit « modeste et fiable », vos collègues et la plupart des clients que vous rencontrez vous admirent. Votre tête étant bien faite et bien pleine à coups de sorties culturelles, vous adorez progresser et vous améliorer. Du coup, on peut vous laisser en autonomie et le travail sera fait, bien fait, très bien fait. C'est pour cette raison que tout le monde fait confiance à un Capricorne. Perfectionniste, vous exécutez vos tâches au millimètre près sans vous soucier d'autre chose que de vous challenger et remporter cet autochallenge, l'avis de votre patron importe au final assez peu. Vous êtes du genre à développer un vaccin en un temps record et à vous dire : « Mouais, pas mal. » Succès, reconnaissance, confiance, vous avez le trio idéal de la réussite au travail, pourtant votre vie professionnelle ne vous comblera jamais. Si beaucoup considéreraient ce dernier point comme un défaut insurmontable, pour vous, c'est un moteur qui vous permet d'aller plus loin avec pour seul carburant la curiosité.

DON'T'S : Vous êtes sceptique : est-ce que votre patron vous a donné une promotion parce qu'il vous valorise ou juste pour vous octroyer plus de missions ? Avez-vous gagné cet appel d'offres parce que votre projet était le meilleur ou parce qu'il était le moins cher ? Bref, vous êtes insatisfait au travail. Vos succès sont pour vous ordinaires (après tout, vous avez travaillé, il est normal d'avoir un retour), et vous ne les célébrez donc jamais. Quand tout se passe bien, le Capricorne semble être une véritable machine de guerre : inarrêtable, infatigable, impiégeable. Mais pas indestructible. Il y a une faille dans le système : vous avez le droit de ne pas reconnaître votre valeur, mais si jamais un de vos supérieurs s'aventure à suggérer que votre travail n'est pas accompli à 200 %, vous ouvrez les vannes de la colère. Alors vous n'êtes pas du genre à hurler sur votre manager, mais plus à claquer une dem du jour au lendemain pour partir à l'ennemi. En somme, votre stratégie professionnelle est bien rodée (souvent même depuis l'enfance où vous étiez le seul à savoir exactement ce que vous feriez), mais vous travaillez avant tout pour vous-même, les autres ne sont qu'accessoires et sont totalement interchangeables, qu'il s'agisse de collègues, de patrons ou même de clients. En résumé : vous allez percer, mais vous n'en serez pas content.

Vous ne vous souciez pas du tout de l'avis de votre boss, mais essayez d'intégrer que votre pire boss, c'est vous-même. Vous ne tolèreriez jamais un tel comportement de la part d'un supérieur hiérarchique. Alors cessez de vous mettre autant la pression non-stop (vous n'allez pas éclater en vol comme un Cancer) car à ne jamais profiter de vos réussites, vous passez à côté du moment présent. Arrêtez-vous un instant, et congratulez-vous, vous avez fait du bon boulot !

Santé

ALIMENTATION : 9/10 – TRÈS BIEN

Si vous faites attention à vous, c'est principalement grâce à une éducation ferme, claire et précise. Les Capricorne sont optimisés pour avancer intelligemment et donc se doivent d'avoir un corps qui suit le mouvement : en bonne santé et agile. Vous allez passer la moitié de l'année à revoir votre régime alimentaire de manière scientifique. Loin d'être obsédé par votre apparence, vous sélectionnez le meilleur carburant pour faire avancer votre corps. Vous avez d'ailleurs noté vos menus dans votre journal intime pour comparer et sélectionner celui qui vous donne le plus d'énergie pour la journée. Vous êtes l'exemple à suivre mais qu'on ne suit pas parce qu'on aime trop les tablettes de chocolat blanc.

SPORT : 8/10 – BIEN

Si vous étiez une équipe de foot, vous seriez sûrement le Brésil, énergique, endurante, rapide, inépuisable. Vous n'êtes pas une équipe de foot, mais vous avez toutes les qualités requises pour en intégrer une. Le Capricorne adore la discipline et détient une force assez surprenante dans tous les sports de compétition. Vous êtes très peu sensible à l'intimidation, et l'on vous voit vraiment au top niveau, dans un stade, avec les acclamations du public. Vous êtes cet ami que tout le monde déteste, celui qui trouve ça normal de mettre le réveil à 5 heures du mat' pour aller faire un petit footing et qui dit à tous ses potes : « Oh, tu devrais tester, ça décrasse vraiment. » Le sport est essentiel à votre équilibre, et si jamais un événement perturbateur se produit, comme un problème de couple, un souci au bureau ou un coup de déprime, vous avez tendance à vous jeter dedans à corps perdu.

Le footing d'une heure se transforme en marathon, et les séances de muscu passent de trois fois par semaine à deux fois par jour. Un petit conseil comme ça au passage : se dépasser, c'est bien, mais forcer un peu trop, ça peut être dangereux. Attention au claquage.

SUIVI MÉDICAL : 1/10 – TELLEMENT ASSIDU QU'IL EN DEVIENT MAUVAIS

Qu'on rappelle le principe de notation : plus le suivi est raisonnable et régulier, plus la note est haute. Vous n'êtes donc ni raisonnable, ni régulier, ni rien du tout dans la manière dont vous gérez votre santé. Une fois, votre médecin vous a balancé que vous étiez en bonne santé et vous avez eu le toupet de lui rétorquer : « J'en suis pas si sûr. » Loin d'être hypocondriaque, vous avez juste horreur de la condition humaine : si vous pouviez être une machine indestructible à la mécanique parfaite, ça vous arrangerait. Du coup, vous n'avez aucun complexe à chercher tous les moyens d'améliorer votre condition physique : médecines holistiques, massages, thérapies franchement douteuses (non, se coller des sangsues sous les bras au XXIe siècle, c'est pas normal). En somme, votre côté perfectionniste s'applique aussi à votre corps : vous l'écoutez remarquablement bien, mais ce n'est pas une machine que vous pouvez updater comme vous le souhaitez. Votre corps a des limites et il faudra les accepter.

Amitié / Famille

TAUX DE SOCIABILITÉ : 40 %

Comme disait Aya Nakamura : « Et quand tu mens comme ça j'suis qu'à 40 %. » Ces paroles prennent tout leur sens avec vous. Il y a quelque chose qui vous agace chez vos proches, c'est le mensonge et le manque de force d'esprit. Votre côté intransigeant s'applique aussi en amitié, et vous sélectionnez soigneusement ceux qui feront partie de votre cercle intime. Batterie pourrait être un synonyme d'ami pour vous. Vous avez besoin de gens qui vous apportent quelque chose, qui vous rechargent. Que ce soient des compagnons d'exposition, des potes de gym ou des parents rencontrés à l'école, le Capricorne attend une relation basée sur la réciprocité. « Oui, aucun souci pour récupérer tes enfants à l'école en même temps que les miens, mais du coup tu passes les prendre le matin. » Une amitié à sens unique est tellement impensable pour le Capricorne qu'il préfère immédiatement couper court. Pour cette année, prenez légèrement sur vous, toutes les relations ne sont pas immédiatement réciproques, et parfois certaines ont plus besoin de vous que vous d'elles. Ça ne veut pas dire qu'elles ne vous renverront pas l'ascenseur. Une amitié n'est pas une transaction, elle n'a pas de contrat avec des clauses à honorer. Au début de l'été prochain, un ami proche aura besoin de votre soutien infaillible : ne lui faites pas défaut en considérant qu'il vous en demande trop sans rien en retour. Le voir sortir la tête de l'eau sera votre plus belle récompense.

TAUX D'INVESTISSEMENT FAMILIAL : 70 %

Les Capricorne apprécient leur position de socle familial. Un peu comme les moules accrochées à leur rocher, on s'appuie sur vous presque par instinct de survie. À la différence des rochers maritimes, par contre, vous détestez que la colonie se passe le mot et qu'elle se ramène de plus en plus nombreuse. Un petit clan, c'est très bien, l'armée de mollusques, *no thanks*. Vous prendrez cette année un temps précieux pour ces proches que vous avez délaissés pour des raisons professionnelles. Il est essentiel pour vous de vous accrocher à ceux qui vous aiment vraiment. À partir du printemps, on sent venir une réconciliation importante pour vous avec un membre de la famille perdu de vue, ou plutôt volontairement oublié. Ce sont de bonnes nouvelles ! En famille, les Capricorne attendent de la stabilité et de la fidélité : ils détestent les engueulades et pas question de faire du favoritisme. On vous confiera même l'organisation de rassemblements familiaux, vous allez kiffer y prendre part, la marée sera agréable, à l'abordage !

Budget des signes

Bélier

- 50 % Armes blanches
- 30 % Livres thrillers
- 20 % Ventoline

Taureau

- 60 % Crèmes de luxe
- 20 % Tapis de course et vélos électriques
- 20 % Menottes à fourrure

Gémeaux

- 50 % Feux d'artifice
- 25 % Porte-voix
- 25 % Livres sur le pouvoir de la parole en société

Cancer

- 40 % Micros connectés
- 30 % Album 80's
- 30 % Livres de développement personnel américains

Lion

- 90 % Perruques
- 5 % Faux ongles
- 5 % Toiles blanches

Vierge

- 80 % Robes de mariée
- 10 % Robots autocuiseurs (le plus cher possible)
- 10 % Fleurs

Balance

- 50 % Vêtements, chaussures, lunettes de soleil
- 40 % Trottinettes
- 10 % Livres de sciences occultes

Scorpion

- 50 % Entreprises en phase de liquidation judiciaire
- 20 % Actions
- 20 % Appareils photo

Sagittaire

- 80 % Billets d'avion
- 10 % Aspirateurs sans fil
- 10 % Boîtes de rangement en papier mâché

Capricorne

- 50 % PEL
- 20 % Meubles Louis XVI
- 30 % Compléments alimentaires (protéines végétales, créatine...)

Verseau

- 60 % Albums de rap
- 30 % Livres sur la sorcellerie et la voyance
- 10 % Tournevis dernière génération sans fil

Poissons

- 40 % Disney
- 30 % Romans d'amour
- 30 % Steaks végétaux

Verseau

Peut-être qu'un jour vous serez moins troublé et que les psy comprendront votre cas, mais les astres le prouvent, ce n'est ni demain, ni après l'apéro, ni après quoi que ce soit.

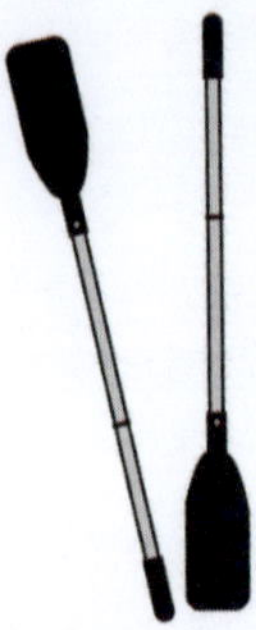

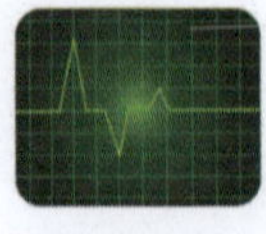

Malin
Entreprenant
Instinctif

Enjolive un peu sa réalité
Troublé
S'éparpille

Amour / Sexo

Vous êtes complètement fou (on aurait voulu commencer autrement, mais il n'y a que la vérité qui blesse et on n'a pas toute la journée). Le Verseau n'est pas si Verseau s'il ne s'acharne pas au détriment de lui-même. Vous êtes du genre à sentir venir la personne qui marquera à jamais votre cœur et à lui courir après de longues années. Ce flair inégalable qu'aurait bien voulu avoir la Vierge, c'est votre arme de destruction amoureuse. Vous arrivez et arriverez toujours à saisir cet autre qui vous attire et à abuser de son amour si l'envie s'en fait sentir. On ne vous en veut pas, si vous étiez trop corporate dans vos sentiments, personne n'y trouverait goût.

VOS POINTS FORTS : Il y a en vous un truc que nous n'avons pas encore élucidé mais qui nous fascine. Sans vouloir vous offenser, on pensait avant l'analyse de votre signe que le Verseau n'était qu'une sirène surdouée capable de captiver sa proie sans difficulté aucune. En réalité, l'amour avec vous, c'est un jeu d'attraction et de répulsion. Tombé dans la marmite de potion magique étant petit ? Des études en sciences comportementales ? Une recette familiale de philtre d'amour ? On cherchera encore votre secret très longtemps... Car oui, à l'horizon, pas de perturbation dans votre capacité à séduire, si ce n'est peut-être cette rencontre imprévue d'une personne qui semble immunisée contre vos charmes (le pire cauchemar de tout Verseau, qui tient plus que tout à garder le mystère sur ses sentiments réels).

VOS POINTS FAIBLES : La pire chose qui puisse vous arriver serait que l'objet de votre convoitise se rende compte que vous le convoitez. Vous cultivez la froideur et l'inaccessibilité, et vous n'envisagez pas une seule seconde de quitter ce piédestal sur lequel vous avez grimpé tout seul. En découle naturellement un côté manipulateur malgré vous, avec une tendance prononcée aux oublis. Aussi connus sous le nom de « mensonges », selon n'importe quel autre signe, mais pour vous, ce sont sincèrement des oublis. Comme cette fois où vous avez oublié de dire que votre ex vivait toujours chez vos parents ou que vous aviez sincèrement oublié que vous aviez trois enfants. Pour le Verseau, la séduction est un jeu, gare cependant à ceux qui refusent d'y participer. Ou, pire, qui connaissent les règles. Cette fois-ci un coup de baguette magique ne suffira pas à faire disparaître votre embarras.

Mon conseil pour l'année à venir – si possible à appliquer dès janvier avant que peine de cœur s'ensuive – serait de laisser le hasard faire parfois son œuvre. Vous construisez souvent des idéaux autour de l'amour et vous les transformez en plan d'action. Tantôt espionne internationale qui apparaît par surprise lors de ses vacances à Cancún, tantôt acteur mélodramatique prêt à faire son come-back sur les planches. Rusé en amour comme au travail, vous pensez que la magie ne peut qu'opérer. Mais aucun d'entre nous n'a encore découvert une recette d'amour miracle, pas même les Vierge. En donnant donc sa chance au « peut-être » et même au « peut-être pas », vous pourriez pour une fois vous laisser surprendre. Si vous voulez que votre vie amoureuse décolle, lâchez du lest !

Côté sexo, on s'est posé la question plusieurs fois, donc autant vous la poser aussi : « Est-ce que vous comptez jouer au jeu du chat et de la souris encore longtemps ? » Mettons les pieds dans le plat : vous adorez que l'on vous coure après. D'ailleurs, plus vous êtes maître de la course, plus elle vous anime. Malin que vous êtes, très malin que vous êtes... vous jouez les troublés qui ignorent leurs désirs, mais en vérité, si vous semez le mystère, c'est avant tout car vous jubilez de voir votre partenaire en galère. Jetez-lui au moins une pagaie pour le regarder ramer. La ligne d'arrivée est encore loin, et d'ailleurs vous n'avez même pas encore décidé de là où vous allez la placer. Bonne chance à votre partenaire, on lui souhaite d'avoir fait de l'aviron.

VOS POINTS FORTS : Vous êtes intrigant, personne ne sait ce que vous pensez, surtout pas votre partenaire. C'est d'ailleurs ce qui le rend accro, car comme avec une grille de mots fléchés aux toilettes, il refuse de lâcher prise avant d'avoir trouvé la solution. Peut-être que vous aimez les câlins tout doux, ou alors vous êtes tout l'inverse, qui sait ? L'essentiel, c'est avant tout qu'il se pose la question et ne sache surtout pas à quoi s'attendre. Car c'est là la quintessence du Verseau, semer le mystère quoi qu'il en coûte. Et à ce jeu, vous avez une endurance hors du commun, celle que vous envient depuis toujours les Bélier (on juge pas, les Bélier, on constate).

VOS POINTS FAIBLES : Quel coup de maître de parvenir à faire croire à l'autre que vous satisfaire vous, et uniquement vous, est extrêmement progressiste. Rien à dire, vous êtes malin. Vous avez tout donné pour le séduire, mais maintenant c'est à lui de faire le taf (d'où les rames). C'est pas très feng shui, mais il ne s'en plaint pas. Enfin ça, c'est jusqu'au moment où vous tombez sur quelqu'un de plus roublard que vous qui saura inverser les rôles. À vous les rames et les eaux troubles de l'incertitude. Maintenant, vous êtes prévenu. Vous n'en ferez qu'à votre tête, mais vous êtes prévenu. Moi, j'ai la conscience tranquille.

Mon conseil sera simple et si Dieu le veut efficace : au lit, ne cherchez pas à ce qu'on vous cherche. On vous a déjà trouvé ; si on est au même endroit au même moment sans culotte, c'est qu'a priori on ne cherche pas à mener une enquête. Alors ce n'est pas la peine de s'arrêter pour poser la question : « Du coup, je te plais ? » Prenez le temps de vous demander pourquoi vous complexifiez tout. Consultez les Poissons, par exemple, ils ont peut-être trois secondes de mémoire, mais au moins ils sont moins cérébraux. Ou allez-y franchement : après avoir interrogé un natif des Poissons, gardez-le pour passer du bon temps avec lui, il saura vous ouvrir à un océan de plaisir.

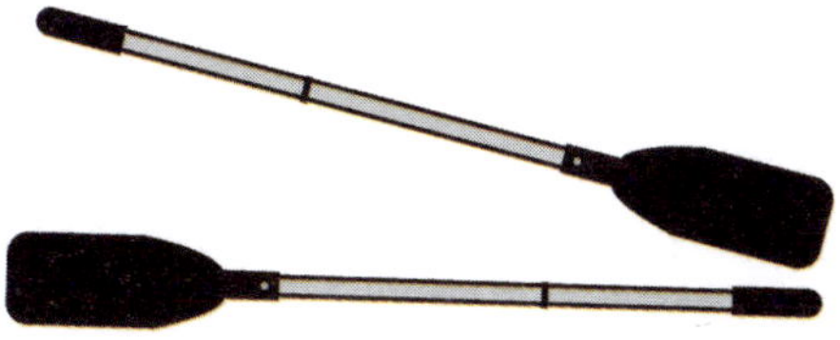

Travail

Le Verseau au travail, c'est :

- *Faire des check-lists.*
- *Décorer et mettre des stickers brillants sur ses check-lists.*
- *Ne pas relire ses check-lists.*
- *Oublier de cocher les cases de ses check-lists.*
- *S'engager sur tout (et n'importe quoi).*
- *Sentir le vent tourner et lâcher l'affaire (comme cette fois où on vous a demandé d'organiser un séminaire à Tahiti avec 120 euros de budget).*
- *Avoir un instinct quasi infaillible (sauf quand il s'agit de s'engager sur le fait d'organiser un séminaire à Tahiti avec 120 euros de budget).*
- *Toujours savoir enjoliver la réalité de la vie au travail. Y a pas à dire, un peu de paillettes ça fait toujours du bien dans l'open space.*
- *Organiser le séminaire à Tahiti (budget 120 euros).*

DO'S : Vous ne sentez que trop bien ce qui marche. On a tout de suite l'image de ce petit rongeur qui renifle chaque centimètre carré de son environnement et qui tombe toujours sur de la bouffe. On ne voudrait vraiment pas vous vexer, mais votre petit museau est aussi affûté que celui d'un hérisson. Vous avez l'image ? Rappelez-vous le séminaire à Tahiti où vous avez réussi à faire embarquer quarante personnes en all-inclusive pour 120 euros en échange d'une story Insta. Décidément, vous savez mener tout le monde à la baguette et personne ne vous refuse rien. On continue à renifler – c'est la pire métaphore du monde, à y réfléchir, mais bon – et on continue à chercher ce petit truc qui met des paillettes dans la vie des gens. Votre capacité à rendre cosy et agréable un service comptabilité est ce qui fait vraiment la différence et vous rend attachant pour vos collègues.

DON'T'S : N'essayez pas d'être partout à la fois. Dans toute l'histoire de l'humanité, aucun être vivant n'a réussi à être partout au même moment, ce qui pourrait être un argument pour vous convaincre. Bien faire, c'est aussi se concentrer sur une tâche précise. Dans votre cas, l'opération relève de l'effort surhumain, parce que, on le sait, il faut que vous vous sentiez indispensable. Attention, dans le milieu du travail, indispensable peut vite devenir synonyme de roue de secours. Alors n'encouragez pas vos collègues à déposer leurs dossiers à problèmes sur votre bureau parce que « vous, vous savez gérer ». Le Verseau est peut-être un hérisson, mais vous n'êtes pas Sonic, et vous n'avez pas la vitesse surhumaine qui vous permettrait de tout faire dans les temps. Même si vous en avez tout l'air, vous n'êtes pas un superhéros non plus, alors laissez vos sous-vêtements sous votre pantalon et prenez une pause-café. Vous l'avez bien méritée.

Vous aimez bien les check-lists, alors commencez par les lire ! Rien, absolument rien ne peut résister à un Verseau organisé. Dégainez votre plus beau stylo et cochez. Cochez, j'ai dit ! Un autre conseil ? Apprenez à dire non. Ce n'est pas vous qui dites oui, c'est votre ego. Laissez-le cinq minutes au vestiaire, car s'il peut être un formidable moteur, il peut aussi vous jouer des tours et vous mener au surmenage, voire au burn-out. Concrètement, étudiez votre charge de travail, et essayez de ne pas dépasser vos capacités. Ça vaut pas le coup de rentrer en Uber tous les soirs parce que vous quittez le bureau à 1 heure du matin et qu'il n'y a plus de bus. Pensez à votre empreinte carbone !

Santé

ALIMENTATION : 3/10 – MAUVAIS

Manger avec vous, c'est bonne franquette et rien à foutre. Vraiment, on ne sait pas comment vous vous en sortez aussi bien avec des abus répétés et re-répétés. Toute votre alimentation est en effet basée sur l'envie soudaine, et donc il est rare que les valeurs nutritives des aliments pèsent dans vos critères de sélection. Vos proches le savent, ils ont cette manie hyper intrusive de se pointer sans raison aucune, si ce n'est taper dans un frigo rempli. On s'inquiète un peu de votre état de fatigue qui pourrait être lié à ce je-m'en-foutisme. Petit point positif dans tout ça : vous aimez mettre du budget dans la food, donc on croit en votre capacité à vous raisonner un peu plus, et donc à vous acheter certes du tout-fait, mais du tout-fait plus sain.

SPORT : 7/10 – BIEN

OK, on a le secret ici, vous êtes un boute-en-train qui gigote et qui élimine les toxines par ce biais. D'ailleurs, quand on vous jugeait sur une alimentation peu admirable, c'est principalement parce que vos états de fatigue à répétition viennent sûrement de là. Il est vrai que vos activités physiques vous épuisent beaucoup. On vous entend d'ailleurs un peu trop vous plaindre et votre année s'annonce assez intense à ce niveau-là, avec un rythme de travail difficile à suivre. Vous ne lâcherez rien, on le sent gros comme une maison, vous apprendrez par contre à doser vos séances. Misez sur ce point : moins d'intensité, plus de stretching. Oui, on part dans des détails aussi précis. Vous avez de toute façon à cœur de correspondre à une esthétique propre à vos idéaux, mais apprenez à ne pas tomber dans l'obsession. Désolée, j'insiste, à la limite, virez les tonnes de sodas qui gisent dans le bac à légumes et remplacez-les justement par des légumes (il est fait pour ça à la base).

SUIVI MÉDICAL : 5/10 – MÉDIOCRE

C'est quoi ce merdier ? Pardon, mais c'est quoi ? L'idée, c'est de jouer à celui qui verra le moins un médecin quand ça ne va vraiment pas ? Au moins, vous êtes sûr de gagner. Vous êtes clairement le signe à toujours vous fier à votre instinct, on s'attend toujours à un « Non mais c'est rien, je sens que j'ai rien », alors que la plaie est ouverte et vraiment moche. Votre instinct vous guide sûrement dans de belles relations sociales mais en ce qui concerne votre corps et votre esprit, on oublie. Fort heureusement, vous avez un entourage pour qui vous comptez plus que vous ne l'imaginez. On espère qu'il continuera à vous alerter quand il sentira que ça déconne chez vous. Souvenez-vous que, sans ces proches qui vous ont mis la puce à l'oreille, vous ne seriez pas aussi fort qu'aujourd'hui.

Amitié / Famille

TAUX DE SOCIABILITÉ : 70 %

Vous avez la confiance facile et vous aimez bien vous lier d'amitié aveuglément. Protection divine ou chamanique ou que sais-je, ça ne vous a pas souvent joué des tours. Ah… le flair, décidément. Vous ne savez que trop bien sentir les gens (en tout bien tout honneur), il n'est donc pas surprenant de vous voir entouré, et bien entouré surtout. Les gens vous adorent parce qu'ils vous font confiance, mais attention à ne pas en abuser. On a pourtant parfois tendance à se lasser de vous, et quelques vexations de début d'année pourront entacher votre sensibilité. Un ami qui décidera de ne plus vous adresser la parole ou un voisin qui passera son temps à vous reprocher des incivilités dont vous n'êtes pas responsable, voilà ce qui pourrait vous tomber sur le coin du nez. Rien de grave, juste des petits désagréments sur lesquels vous allez cogiter de longs mois, on le sait.

TAUX D'INVESTISSEMENT FAMILIAL : 50 %

Il y a peu à analyser dans votre manière d'appréhender votre vie de famille et de la vivre avec vos proches. Tout ou rien, avec vous c'est soit dévoué à plein temps, soit ni son ni lumière. On ne sait pas toujours sur quel pied danser, alors on vous laisse parfois sur le côté de la piste en attendant que vous vous bougiez. Un petit rien dit par un proche devient assez vite une calamité pour vous, et il n'est pas rare de vous voir disparaître dans la nature pour un reproche insignifiant pour le commun des mortels. Avez-vous un pourcentage Lion au fond ? Ne soyez pas plus victime de vos craintes envers vous-même, parfois vos parents ou votre fratrie ne tiennent qu'à vous réveiller. Le pragmatisme n'est pas un défaut ; cette année, on apprend à tolérer une famille qui dit vrai et on arrête de se dire troublé pour un oui ou pour un non. Vous laissez trop de moments ouf passer, dommage.

Compte en banque des signes d'eau ascendant eau

Scorpion ascendant Poissons

• 200 000 euros sur le PEL « au cas où ».

• Trois comptes en Suisse, dont un frauduleux (géré par un ami prof de finances).

• Détient des actions majoritairement dans des groupes pharmaceutiques.

• 30 000 euros de frais de découvert sur un compte pro oublié.

• 30 000 euros d'héritage reçu par erreur de sa banque (aucun remboursement n'a été demandé à ce jour).

Poissons ascendant Cancer

• Ne sait toujours pas se connecter à son application bancaire mobile.

• A ouvert un livret A il y a un an et y dépose 5 euros tous les trimestres « pour un projet déco ».

• Crédit auto à 21 000 euros en cours de remboursement.

• Fait des virements permanents de 60 euros par mois à une ONG sri-lankaise depuis dix ans.

• 6 000 euros sur le PEL mais n'est pas au courant car il ne peut pas se connecter à son application bancaire.

Cancer ascendant Scorpion

• Chante des compositions perso sur la musique d'attente de sa banque en ligne.

• Part du principe que l'argent ne fait pas le bonheur, mais a quand même vendu la voiture de son ex et en a retiré 20 000 euros et une certaine satisfaction.

• Économise sur son PEL pour acheter son appart cash car il refuse le concept de crédit.

• A signé pour une huitième carte bancaire afin de faire un arc-en-ciel sur le thème Visa.

• Place en Bourse les 20 euros que son fils a reçus de la petite souris.

À quoi bon vivre sur terre quand on peut vivre dans un rêve ? Telle est la question. Le truc, c'est qu'en fait la Terre est la seule planète habitable, il va falloir s'y habituer.

Délicat
(d'un point de vue social)
Serviable
Méticuleux

Susceptible
Fataliste
Imprévisible

Poissons

Amour / Sexo

On a failli vous faire une introduction du type « En amour, vous êtes comme un poisson dans l'eau », juste pour le plaisir d'utiliser cette expression, mais bon… Oh et puis c'est mon bouquin, donc en amour, vous êtes comme un poisson dans l'eau, vous êtes même comme une moule accrochée à son rocher. Là, on est bon pour les expressions de type aquatique. Car oui, vous vouez votre âme et votre destinée à l'amour. Presque comme un chevalier servant, vous servez le bien-être de l'autre coûte que coûte. Chacun de vos mots doux est un poème et la fin heureuse de conte de fées est presque garantie. Attention cependant, car si votre partenaire ne répond pas à votre affection avec la même intensité, vous avez tendance à en déduire qu'il ne vous aime plus. Ce n'est pas parce qu'il n'a pas relevé la lunette des toilettes qu'il veut tirer la chasse sur votre relation.

VOS POINTS FORTS : Vous êtes vraiment un amour en amour. Vous devriez d'ailleurs donner quelques conseils à vos amis Lion, si vous en avez, on sait qu'ils ne sont pas simples. Avec les Poissons, on nage sans but précis, mais on arrive toujours à bon port. Tout ça, c'est grâce à votre dévotion totale à l'autre. Vous vivez d'amour et d'eau fraîche. D'ailleurs, vos relations ont servi de modèle à Disney car vous êtes la personnification même d'un prince ou d'une princesse de conte de fées. Telle Belle dans *La Belle et la Bête*, vous acceptez la différence, d'ailleurs vous ne la voyez même pas, et tel Simba du *Roi lion*, vous bravez vos craintes pour retrouver l'être aimé. Rien à dire, on a vraiment pas grand-chose à vous reprocher.

VOS POINTS FAIBLES : Tout compte fait, on a bien quelque chose à vous reprocher : votre peur des reproches. La moindre remontrance vous semble

une sentence irrévocable et vous condamne à vous morfondre à perpétuité. Soyez rassuré, vous n'êtes pas foncièrement en tort, ça pique simplement votre manque de confiance en vous. Alors n'en faites pas trop. Puisqu'on en parle, c'est d'ailleurs le second reproche qu'on pourrait vous faire : vous en faites des caisses. Votre chérie aime le sucré ? Vous la noyez sous des montagnes de gâteaux jusqu'à ce qu'elle explose ; votre amoureux est féru d'acupuncture ? Vous remplacez son oreiller par un cactus sans le prévenir. C'est le drame, vos bonnes intentions ne sont pas forcément de bonnes idées. Et malheur à celui ou celle qui vous le fera remarquer (vous n'avez pas la capacité de médiation d'une Balance). En gros, votre problème, c'est que vous être trop susceptible, pour ne pas dire soupe au lait. En amour comme en cuisine, tout est question d'assaisonnement. Alors faites très attention à doser avec justesse les épices qui vous semblent indispensables pour pimenter votre relation.
Comme pour votre signe, la cuisson est très délicate. Si on y va un peu trop fort, vous devenez dur et coriace. Ce qui vous fait bouillir ? Les remarques que vous jugez désobligeantes. Attention cependant, car si les Poissons sont les princesses Disney du zodiaque, ce sont aussi les reines du premier degré. Vous manquez clairement d'autodérision... Comment le dire sans vous vexer ? Vous vous prenez vraiment trop au sérieux. Notre conseil ? Un petit retour aux origines du mal. Pas besoin de vaisseau spatial ou de quoi que ce soit d'autre, on vous demande juste de vous poser cinq minutes pour réfléchir et découvrir l'événement-clé qui a déclenché cette hypersusceptibilité. En attendant, votre moitié doit prendre des pincettes dès qu'elle vous dit quoi que ce soit. Et ça prend du temps... et des paraphrases interminables qui font de leur mieux pour protéger votre ego. On ne peut pas vous dire que vous êtes en retard, on doit vous dire qu'on aurait souhaité profiter encore plus de vous ; votre pull de Noël n'est pas kitsch, mais a-t-il vraiment la couleur qui flatte le mieux le vert de vos yeux ? En effet, gare à la remarque mal formulée, car vous jugez le moindre reproche comme insurmontable, n'hésitant pas à rester muet comme une carpe pendant des heures à broyer du noir. En apprenant à accepter de ne pas être parfait, vous verrez que tous les efforts que vous faites au quotidien finiront par payer. On attend l'invitation au mariage dans le courant de l'année prochaine.

Côté sexo, vous savez parfaitement ce que vous aimez, et si tout est négo-

ciable, vous y allez quand même parfois un peu fort. Vous posez d'ailleurs les bases très tôt dans vos relations, et sans le moindre complexe. Pour vous, toucher les étoiles est obligatoire pour qu'une relation soit réussie. Ça ne veut pas dire pour autant que vous enchaînez les histoires sans lendemain, bien au contraire, les Poissons n'ont qu'une envie, c'est se poser. Et également se déguiser. Vous aimez interpréter toutes sortes de personnages, et vous avez tendance à créer de véritables histoires. Par contre, inutile de le nier, vos moments intimes ont quand même souvent des thématiques surprenantes – on ne s'attend pas forcément à ce que ce soit le carnaval de Rio tous les soirs. Être inventif, c'est très bien, n'oubliez quand même pas d'inclure votre partenaire dans la conception de ces moments pour éviter de le voir prendre ses jambes à son cou.

VOS POINTS FORTS : Votre aisance naturelle est enviée par bien des signes du zodiaque. Vos ex le disent tous : vous êtes à l'aise avec vous-même et prenez toujours plaisir à satisfaire les désirs de l'autre sans oublier les vôtres. Vous savez marquer le coup et faire de chaque moment à deux un moment inoubliable. Avec vous, le film est toujours à la hauteur de la bande-annonce. D'ailleurs, les films sont une grande source d'inspiration pour vous. Vous voulez du romantisme, de l'intensité et des effets spéciaux. On vous l'a déjà dit et on le répète : pensez à briefer votre partenaire avant. Ça peut surprendre. Par contre, la plupart des spectateurs reprennent une place pour la prochaine séance. Quand votre moitié est parfaitement au fait de ce que vous avez prévu, c'est un aller simple pour le septième ciel. Votre ouverture d'esprit aide l'autre à se décomplexer, toutefois, débarquer sans prévenir en Petit Chaperon rouge sexy à un soirée jeux de société où vous aviez prévu de jouer au Loup-garou peut freiner les ardeurs au lieu de les attiser.

VOS POINTS FAIBLES : A priori, tout le monde adore les surprises (surtout les Taureau). Mais peu sont friands de la frénésie qui peut parfois vous habiter. Vous changez d'atmosphère, de déguisement, de position sans signe avant-coureur. La diplomatie et la délicatesse qui vous caractérisent à la ville disparaissent complètement au lit. Certains auraient presque envie d'appeler un exorciste en vous voyant vous agiter subitement parce que vous venez de vous souvenir d'un accessoire à paillettes que vous voulez absolument tester. Prenez la température avant toute chose, mais encore une fois, pas littéralement, c'est une image ! En effet, allez-y doucement avec les rebondissements qui peuvent se faire répétitifs et oppressants, vous noyez parfois les gens ; ne l'oubliez pas, il n'y a que vous qui respirez sous l'eau.

Vous avez toutes les armes pour construire une vie amoureuse pleine de moments tendres et chaleureux. Vos idéaux sont certes chimériques, mais tellement touchants. Il y a chez les Poissons cette étincelle qui ne s'éteint jamais. Le conseil love et sexo qui vous ferait sûrement du bien est de ne pas vous autoflageller à chaque erreur commise. Tous les couples font des erreurs, toutes les relations ne sont pas lisses et aseptisées. En plus, vous êtes un fin connaisseur des océans de l'amour : explorez-les avec douceur et détermination sans vous prendre dans les filets du manque de confiance en soi.

Travail

Au boulot, les Poissons sont des êtres qui misent tout sur l'excellence et le souci du détail. On nous a rapporté qu'en maternelle vous n'avez jamais dépassé sur le coloriage de la Petite Sirène, et depuis on ne vous a jamais vu bâcler une tâche pour X ou Y raison. La plupart des gens vous envient ce goût du travail bien fait. Mais dans un contexte où la concurrence est exacerbée, vous perdez assez vite les pédales. La moindre critique devient un reproche, et celui qui la formule, un ennemi. Même si ses retours sont en votre faveur, vous n'arrivez pas à prendre le recul nécessaire pour ne pas être offensé. Si un collaborateur vous fait remarquer la faute d'orthographe qui s'est glissée dans votre présentation, vous n'hésitez pas à lui rappeler que lui ne recharge jamais l'agrafeuse après l'avoir utilisée. Oui, l'enfant méticuleux que vous étiez avait également une légère tendance à l'insolence. Faites gaffe, ou vous allez finir au coin (au chômage, en langage de grands).

DO'S : Votre excellence est sans faille, peu importe la mission. Souvent dans le service à la personne ou l'esthétique, les Poissons ont un véritable souci du détail. On dit souvent de vous que vous avez des doigts de fée auxquels on peut confier n'importe quoi. Même les cheveux de cette cliente qui ont été décolorés, recolorés en noir corbeau, et redécolorés jusqu'à obtenir une jolie couleur verdâtre. Depuis, elle est prête à donner un rein pour vous et a chanté vos louanges à travers tout le pays. Vos collègues jalousent votre habilité à vous sortir de situations chaotiques sans même une goutte de transpiration sur le coin de la tempe. Votre capacité de travail est décidément titanesque, et vous aimez la partager. Quand un stagiaire débarque, on le met généralement sous votre nageoire. Grâce à vous, il ne fera pas les cafés et les impressions mais aura un vrai rôle professionnel, comme préparer du thé et faire des photocopies. On plaisante, il sera votre Padawan, et vous lui apprendrez tout ce que vous savez.

DON'T'S : La pression monte, mais les Poissons que vous êtes ne se laissent pas pour autant cuire à la vapeur. Vous gérez ça avec brio. Vous le savez sans doute déjà, et on sait que vous allez m'en vouloir de le dire : vous êtes également susceptible au travail. Lorsque la DRH vous a reçu pour votre entretien annuel, vous lui avez présenté un exposé intitulé : « Pourquoi mon talent m'empêche-t-il d'être parfaitement compris par le service financier ? » (faisant référence à votre petit couac de 150 euros sur le budget de la dernière campagne de com que vous avez gérée). La DRH était d'ailleurs sans voix face à votre interprétation chargée d'émotions. Cette déconnexion de la réalité vous dessert, vous perdez en crédibilité, ce qui risque de finir par nuire à votre carrière. Après tout, vous refusez aussi de travailler avec Karine, à qui on ne peut jamais rien dire sans qu'elle se vexe.

Mon conseil professionnel serait de vous former davantage. Oubliez les conventions classiques et les formations diplômantes vendues en pack. YouTube, séries, tutoriels… Internet regorge de pépites qui vous élèveront et vous rassureront sur vos capacités. Après tout, votre susceptibilité vient de votre manque de confiance en vous. Vous n'avez pas volé votre place et vous le prouvez chaque jour. L'esc… le stagiaire qui rejoint votre équipe sera l'occasion pour vous d'asseoir votre position. Partager votre savoir vous aidera à comprendre à quel point il est précieux. Vous qui vous rêvez en superhéros, c'est le moment ! Tel Batman, apprenez à votre Robin toutes les ficelles du métier.

Santé

ALIMENTATION : 7/10 – BIEN

Vous avez l'appétit facile, un rien vous donne envie de dévaliser le supermarché du coin. D'ailleurs, votre gestion financière côté bouffe, ce n'est pas trop ça. Pour autant, vous êtes très attentif à la provenance des produits que vous achetez. Dernièrement, vous vous êtes montré très intéressé par l'alimentation végane, et il n'est pas rare de vous entendre en vanter les bienfaits auprès de vos proches (voire d'inconnus dans le métro). Si l'image d'un étal de sushis végétaliens peut apparaître en plein milieu d'un rêve érotique, c'est précisément parce que vous avez une relation extrêmement passionnelle avec la nourriture. Fin gourmet, voire obsédé par le tout-green et bio, vous savez distinguer le bon du mauvais dans ce que vous mangez. Une toute petite chose : ne soyez pas aussi obsédé par la qualité de vos repas, un écart de temps en temps ne va pas vous tuer, et ça peut être insupportable pour vos proches (en fait, ça l'est déjà, mais on ne veut pas vous vexer).

SPORT : 8/10 – BIEN

Vous avez de la chance, votre métabolisme est hyper résistant et vous le boostez à chaque petit pas. Pas très endurants, les Poissons ont pourtant un besoin permanent d'évacuer et donc se motivent assez facilement seuls pour bouger leur popotin. Bon, c'est vrai qu'on a du mal à vous suivre dans vos disciplines presque toutes basées sur la résistance et la force. Mauvais perdant en plus, et ça ne va pas en s'arrangeant avec l'âge, vous vous laisserez tenter cette année par des sports en solo où la compétition n'a plus lieu. Parenthèse : quand vous n'arrivez pas à soulever un poids, ce n'est pas la faute des haltères ni du responsable de la salle de sport, ne lui faites pas une réclamation ou un procès.

SUIVI MÉDICAL : 1/10 – MAUVAIS

Vous ne supportez pas les médecins, votre phrase préférée : « C'est tous des menteurs. » Le paragraphe sera bref et court. Non, les médecins ne sont pas tous des menteurs, et non, on ne va pas vous greffer une puce géolocalisable en vous vaccinant. Prenez soin de vous pour prévenir des situations dramatiques qui se sont déjà produites et qui ne vous ont a priori toujours pas servi de leçon, c'est un ordre cette fois, pas un conseil.

Amitié / Famille

TAUX DE SOCIABILITÉ : 65 %

Vous êtes trop mignons. Bon, commencer un paragraphe comme ça, c'est pas hyper sérieux, mais vraiment trop choupinous, les Poissons. Votre délicatesse nous touche au plus haut point, et vous êtes vraiment l'ami idéal qui prend toujours le temps d'écouter l'autre. Vous êtes assez calme avec vos proches, on vous surnomme d'ailleurs « la force tranquille ». Mettez à profit votre nouvel abonnement à la salle de sport pour les déménagements de cette année, on peut toujours compter sur vous. Gros hic dans cette histoire qui a jusqu'ici tout d'un conte pour enfants : vous ne supportez pas d'être délaissé. Il suffit que votre groupe de potes organise un événement sans vous pour que vous remettiez en question vos dix ans de dévotion. Peu importe que vous soyez à ce moment-là dans un autre pays ou à une autre soirée. Les relations vont et viennent comme les marées, et cette année, certaines amitiés disparaîtront pour laisser plus de place à celles qui comptent vraiment. Pour que cette transition se fasse en douceur, il va falloir temporiser sérieusement votre légendaire susceptibilité. Deux conseils cette fois : conservez les personnes auxquelles vous tenez vraiment, et laissez partir celles avec lesquelles vous aviez une relation houleuse qui ne vous apportait pas grand-chose, si ce n'est le mal de mer.

TAUX D'INVESTISSEMENT FAMILIAL : 20 %

Avec les Poissons, la famille, c'est à petite dose, et que personne ne vous fasse chier. On le dit vulgairement parce que ce sont vos mots, ne faites pas comme si vous étiez politiquement correct. Vous vous êtes mis dans la tête que de toute façon personne ne vous comprendra jamais, et on ne va pas vous faire changer d'avis car, d'après notre analyse, très peu de Poissons ont des relations familiales dites « stables ». Un brin fataliste sur la question, vous ne voyez pas vraiment l'intérêt de communiquer avec vos parents ou vos cousins germains par demi-alliance (d'ailleurs, vous serez tenté de leur rappeler très bientôt qu'ils ne sont pas vos vrais cousins). En revanche, sur votre propre construction d'une cellule familiale, RAS, les Poissons savent où ils vont et comment s'y rendre. On vous le répète : une excellente nouvelle de ce côté-là va vous tomber sur les branchies et on veut être de la fête !

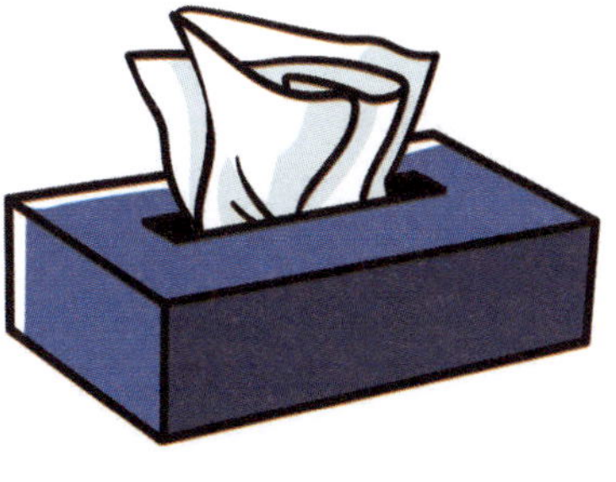

Morning routine des signes

Bélier

STEP 1 : Insulter les parois de douche qui n'ont pas été nettoyées par ses propres soins.

STEP 2 : Savonner son corps trop fort avec un gel douche surgras non adapté à sa peau grasse.

STEP 3 : Taper son orteil dans le coin de la porte en sortant de la douche.

STEP 4 : Partir énervé et oublier d'appliquer sa crème solaire, même en hiver.

Gémeaux

STEP 1 : Se lever en étant sûre d'être la plus bonne de ses copines.

STEP 2 : Refuser de se maquiller car ce serait injuste pour les autres.

STEP 3 : Enfiler une tenue volontairement trop petite pour négocier son augmentation.

STEP 4 : Rentrer chez soi en catastrophe car votre jupe a craqué quand vous vous êtes assise dans le métro.

Taureau

STEP 1 : Admirer son reflet dans tous les miroirs du domicile.

STEP 2 : Poser face à la fenêtre pour que les voisins en profitent aussi.

STEP 3 : Admirer son reflet à nouveau pour être sûr de ressembler à un dieu vivant.

STEP 4 : Préparer le selfie idéal pour que vos abonnés aussi puissent vous admirer.

Cancer

STEP 1 : Regretter sa tendre enfance devant un clip des Pussycat Dolls.

STEP 2 : Manger de l'eau et boire des chips (tête dans le cul vibes).

STEP 3 : Prendre une douche glacée pour sublimer ses émotions.

STEP 4 : Regarder un film romantique nul, pleurer, bosser de chez soi en pleurant.

Lion

STEP 1 : Prendre six douches pour « être sûr ».

STEP 2 : Appliquer un hydrolat de lavande bio, une crème mentholée bio et commencer un make up tout sauf bio.

STEP 3 : Regarder un tuto « l'eye-liner noir à la Amy Winehouse » en russe (sans savoir parler russe).

STEP 4 : Rater l'application de ce même trait d'eye-liner, se démaquiller et ne pas sortir.

Vierge

STEP 1 : Se lever excité comme un matin de Noël car c'est le jour du grand ménage.

STEP 2 : Se servir un grand bol de céréales préalablement classées dans des boîtes séparées par couleur et par texture.

STEP 3 : Allumer un bâtonnet d'encens pour éloigner les mauvaises ondes (sauf celles du wifi).

STEP 4 : Se lancer dans une ambitieuse séance de yoga expérimental et finir aux urgences.

Balance

STEP 1 : Se réveiller en sursaut à 6 heures car les enfants du voisin du dessus jouent avec leur nouveau trampoline d'intérieur.

STEP 2 : Faire tomber son bol de céréales en sursautant car le voisin d'à côté trouve que c'est le bon moment pour jouer de la trompette.

STEP 3 : Se rouler en position fœtale dans la douche et tenter la microsieste.

STEP 4 : Croiser les voisins en sortant, et croiser son voisin de palier en lui disant : « Quel bonheur de vous entendre jouer de la musique dès le matin ! » et le penser… Vicos.

Scorpion

STEP 1 : Se lever à 5 heures du mat' car l'avenir appartient à ceux qui se lèvent tôt.

STEP 2 : Se lancer dans une épilation des jambes, une séance de yoga et l'élaboration d'un planning stratégique en même temps.

STEP 3 : S'endormir en bavant en position du lotus.

STEP 4 : Arriver avec une heure de retard car vous avez passé une heure à décoller les bandes de cire qui ont fondu sur votre parquet.

Sagittaire

STEP 1 : Se lever du bon pied, peu importe lequel.

STEP 2 : Se lancer dans un gommage maison à base de compost pour s'oxygéner la peau.

STEP 3 : Oublier de manger car trop concentré sur ses expériences.

STEP 4 : Partir en retard, le ventre vide, mais les pores aussi.

Capricorne

STEP 1 : Se lever avec son réveil préféré : l'appel du 18 juin remixé par David Guetta.

STEP 2 : Prendre une douche engagée, sans eau ni savon.

STEP 3 : Écrire un rap engagé et transgressif dans la vapeur sur la paroi de douche.

STEP 4 : Pleurer en découvrant que la vapeur (et donc votre rap) a disparu le temps que vous alliez chercher du papier et un stylo.

Verseau

STEP 1 : Maudire cette matinée qui est trop ceci ou trop cela, pas assez ceci ou pas assez cela.

STEP 2 : Se lancer dans la fabrication d'une mini-table de chevet.

STEP 3 : Se faire un masque pailleté sans effets particuliers pendant le montage de ladite table.

STEP 4 : Ne pas finir le montage, oublier le masque sur son visage, donner un coup de pied dans le mur sans raison valable.

Poissons

STEP 1 : Préparer son Buddha bowl bio et écoresponsable.

STEP 2 : Lancer Disney Channel pour regarder une redif de *Hannah Montana*.

STEP 3 : Tomber sur une pub pour des céréales ni bio ni écoresponsables, mais bourrées de sucre.

STEP 4 : Partir les acheter en urgence au Franprix.

Les applications des signes

Bélier

- Ne publie que des contenus culturels sur Instagram pour relever le niveau.

- A déjà Shazamé une musique de fond en pleine réunion de crise.

- Vient de supprimer l'application TikTok parce qu'il ne sait pas l'utiliser.

Taureau

- A déjà envoyé un nude à un ami sur Snapchat sans le faire exprès.

- Prend tous ses rendez-vous médicaux sur Doctissimo et les annule la veille par flemme.

- Envoie des centaines de messages par jour à maman sur WhatsApp.

Gémeaux

- Ne sait toujours pas répondre aux mails professionnels sans un « Saluuuut toi ».

- Envoie des Snaps à longueur de journée.

- Préfère « Candy Crush » à tout le reste car « la vie est un jeu, comme on dit ».

Cancer

- Publie vingt TikTok par jour que personne ne voit.

- Organise des événements à thème sur Facebook chaque premier dimanche du mois.

- Possède une chaîne YouTube musicale pour partager sa passion du ukulélé.

Lion

- Poste sur Instagram des photos de ses coiffures.

- Ne répond pas immédiatement aux messages WhatsApp pour se faire désirer.

- Boycotte Facebook parce que « ça date, wesh ».

Vierge

- Ne veut plus entendre parler de retouches photo sur Instagram mais ne publie pas une seule photo sans filtre beauté.

- Publie ses séances de « yoga at home » sur TikTok.

- A récemment sympathisé avec un livreur de Uber Eats grâce à un pourboire.

Balance

- Vient de supprimer l'application Vogue parce que « ça manque de streetwear ».
- Ne répond pas aux messages privés sur Instagram par manque d'intérêt total.
- A vingt groupes whatsApp avec les mêmes potes moins un différent chaque fois.

Scorpion

- Envoie des nudes sur WhatsApp avec un décor bucolique.
- Commande des pizzas sur Just Eat toute la semaine.
- Millimètre ses publications Insta pour avoir une page esthétiquement parfaite.

Sagittaire

- Adore Skype et organise des réunions de type familial.
- Regarde les locs Airbnb tous les jours alors qu'il n'a jamais de congés ni de budget.
- Vient d'ouvrir une chaîne YouTube vide juste pour laisser des commentaires positifs.

Capricorne

- N'a jamais utilisé un code promotionnel donné par un influenceur.
- Compte ouvrir sa chaîne YouTube de coaching en amour pour « apprendre à prendre votre place dans le cœur de l'autre ».
- N'appelle que par vidéo WhatsApp parce que « c'est mieux de se voir ».

Verseau

- A ouvert un compte Instagram pour partager des citations en anglais.
- Shazame des musiques hindies et arabes pour s'endormir.
- Télécharge l'application Doctissimo pour vérifier que sa toux n'est pas une maladie auto-immune.

Poissons

- N'a jamais téléchargé l'application de sa banque car il préfère les surprises.
- Regarde six séries en même temps sur Netflix avec les codes de son ex.
- Retouche toutes ses photos Instagram, mais uniquement pour la lumière et la netteté, c'est juré !

Remerciements

Je tiens à remercier la confiance de la maison Michel Lafon qui a autorisé la production et la publication de cette œuvre qui révolutionnera j'en suis sûre vos avenirs. Bien sûr, le phrasé n'aurait pas pu être aussi raffiné dans cet ouvrage si mon éditeur Guillaume ne m'avait pas accompagnée (il est Balance, donc rien de surprenant, vous allez me dire, les rois des bons conseils). Évidemment, les illustrations ont été réalisées par Madame Nathalie Jomard, et, qui l'eût cru, je vais donc pouvoir ajouter à mon CV « A travaillé avec la super star trop forte de l'illustration ». Sans oublier notre graphiste Claude Combacau sans qui ce livre n'aurait pas été aussi scintillant. Enfin, parce qu'elle a eu la chance de voir des objets voler lorsque je perdais mes fichiers Word et mes clés USB, ma Maman, la meilleure des Sagittaire, merci.

Achevé d'imprimer en Italie par C.P.M. S.p.A. - Casarile (MI)
Dépôt légal : octobre 2021
ISBN 978-2-7499-4551-4
LAF 3013